Jo Pestum

Die Gazelle

OMNIBUS

DER AUTOR

Foto: © Stefan Stumpe

Jo Pestum, 1936 im Kohlenpott geboren, unternahm lange Reisen und jobbte als Bauarbeiter, Barkeeper, Taucher und Trucker. Später arbeitete er als Karikaturist, Chefredakteur und Verlagslektor. Seit 1970 ist er freiberuflicher Schriftsteller und Filmautor, lebt im Münsterland und schreibt Romane, Kinderbücher, Lyrik, Kriminalromane, Drehbücher und Hörspiele.

Von Jo Pestum ist bei OMNIBUS erschienen:

Der Hurone
oder Geh, wohin dein Traum dich führt (26011)

Jo Pestum

Die Gazelle

THIENEMANN TASCHENBUCH

THIENEMANN TASCHENBUCH BEI OMNIBUS
Band 26056

Umwelthinweis:
Dieses Buch wurde auf chlorfrei gebleichtem Papier gedruckt.

Erstmals als Thienemann Taschenbuch
bei OMNIBUS Dezember 1999
OMNIBUS ist der Taschenbuchverlag
für Kinder und Jugendliche von Bertelsmann
Gesetzt nach den Regeln der Rechtschreibreform

Umschlagbild: Thomas Haubold, Which Art
Umschlagkonzeption: Klaus Renner
bm · Herstellung: Stefan Hansen
Satz: KCS GmbH, Buchholz/Hamburg
Druck: Presse-Druck Augsburg
ISBN 3-570-26056-9
Printed in Germany

10 9 8 7 6 5 4 3 2 1

OMNIBUS

»Als hätte dieser große Zorn mich von allem Übel gereinigt und mir alle Hoffnung genommen, wurde ich angesichts dieser Nacht voller Zeichen und Sterne zum ersten Mal empfänglich für die zärtliche Gleichgültigkeit der Welt.«

Albert Camus, »Der Fremde«

Regenzeit

Was ich damals wirklich erwartet hatte, weiß ich heute nicht mehr genau. Sicher ist nur, dass meine Vorstellungen an Farbigkeit verloren, je näher der Tag der Abreise kam. Das muss an Simons Briefen gelegen haben. Ursprünglich jedenfalls hatte ich das starke Gefühl verspürt, dass der Ballon endlich platzen würde, der die bunten Bilder meiner Kinderträume umhüllte, damit die Wirklichkeit mich versöhnte mit den vergeblichen Reisen meiner Phantasie. Afrika: was für ein Wort! Und obwohl Simons Zeilen spröder und spröder wurden, waren da doch Erwartungen geblieben, Gerüche, Laute, Farben vor allem, deutliche Farben von Safran, Kokosnüssen, Pfefferschoten und wiegenden Palmwipfeln in der gelben Sonne. Doch als ich dann in Kinshasa den Jumbojet verließ, war alles ganz anders.

Grau. Die triefende Waschküchenluft, die leere Asphaltfläche, die flachen Gebäudefluchten und die Hangars in der Ferne, vor allem der riesige bleierne Himmel: grau alles. Oder sollte ich sagen: farblos? Denn mit *grau* ist dieses scheinbar gänzliche Fehlen von Farben nur unzureichend umschrieben. Die Enttäuschung packte mich so jäh wie die würgende Hitze. Die Nonne mit dem Flaum auf der Oberlippe, die neben mir gesessen hatte und fast während des ganzen Fluges flüsternd den Rosenkranz gebetet und in einem Goldschnittbuch gelesen hatte, brach auf der Gangway zusammen und musste von einem Flugbegleiter und einem der wartenden Polizisten die Stufen hinuntergetragen werden. Der Krankenwagen kam schnell.

»Kann natürlich auch ein Trick sein«, sagte ein Mann mit gerötetem Gesicht. »Jedenfalls kann man so den Zoll umgehen.«

Niemand antwortete. Jeder schien mit sich selbst beschäftigt. Ich hatte den Eindruck, dass alle bedrückt wirkten, seltsam angespannt, beinahe ängstlich. Mag sein, dass mir meine eigene Stimmung solche Feststellungen vorgaukelte. Oder es war die Müdigkeit nach dem langen Flug. Warum mich der Schwächeanfall der Nonne nicht berührte, weiß ich nicht, immerhin war mir ihre Nachbarschaft, nachdem ich mich an das Geflüster gewöhnt hatte, nicht unangenehm gewesen, denn wir hatten uns gegenseitig in Ruhe gelassen. Bis zur Dämmerung hatte ich aus dem Fenster geschaut, obwohl es nichts zu sehen gab. In Madrid war das Bodenpersonal in Pelzjacken an die Maschine gekommen. Ich sah das Eis geradezu knistern. Aber ich flog ja in die Wärme! Bald brach die Nacht an. Das Zischeln der Luftdüsen erzeugte einen kleinen Schmerz hinter meinen Augen, während ich wieder und wieder in Simons Briefen las.

Ich muss dann wohl auch eingenickt sein, denn ich sah erstaunt, dass die Sabena-Stewardessen nicht mehr die blaue Uniform trugen, sondern leichte Leinenkleider. Wahrscheinlich hatten sie sich in Äquatorhöhe umgezogen. Was weiß ich!

Aus den ersten Briefen war mir Simons Begeisterung schier entgegengesprungen. *Mensch, Albert, unser Projekt entwickelt sich fabelhaft!* Und dann: *Wenn man das Abitur geschafft hat, soll man sich zur Belohnung was Gutes antun. Was hindert dich, mich hier in Kimbao zu besuchen? Die Reisekosten übernehme ich. Oder warst du das nicht gewesen, der immer von Afrika träumte?* Doch, das war ich gewesen. Ich hatte geträumt, phantasiert, gelesen und gelesen, doch die Reisen im Kopf erfüllten die gespeicherten Sehnsüchte nicht, und dann war es ausgerechnet Simon, der die Chance bekam nach Zaire zu fahren, obwohl gerade er sich nichts aus Afrika machte. Doch das musste sich, seinen Briefen nach, geändert haben. Er berichtete seitenlang vom Wachsen der Musterfarm, schickte Polaroidfotos und Kartenskizzen und ich lag dann stundenlang über den Detailkarten des Pergamon-World-Atlas und fraß mich geradezu ein in die Landschaft der Provinz Kenge. Der Ballon der bunten Bilder war prall. Was für ein Fest, wenn er endlich platzen würde. Keine Frage: Ich nahm Simons Einladung auf der Stelle an.

Dann kamen andere Briefe, sprödere, fast unverständlich. Doch, doch, alles lasse sich weiterhin gut an, Vieh sei auch schon da, die Wasserleitung funktioniere ganz gut. Doch hinter allem stand ein unausgesprochenes Aber. Ja, meine Vorstellungen verloren an Farbigkeit. Dennoch, ich wollte fahren. Zuletzt hatte Simon geschrieben: *Also, wenn du unbedingt kommen willst, dann komm. Aber ich kann dich leider nicht am Flugplatz in Kinshasa abholen.* Er hatte eine Wegbeschreibung beigelegt, hatte auf die Inlandroute der Air Brousse hingewiesen, hatte auch geraten, gar nicht erst Geld umzutauschen, sondern in Dollars zu bezahlen, weil das Kongogeld sowieso nichts tauge. Hatte er auch geschrieben, dass er sich über meinen Besuch freue? Ich weiß es heute nicht mehr und inzwischen wäre es auch gleichgültig.

Die Passkontrolle zog sich zäh, eine Viertelstunde durchwühlten sie beim Zoll meinen Tropenkoffer, sie hauten mir handtellergroße Stempel in den Pass und malten schnörkelige Operettenunterschriften. Die dunklen Gesichter der Beamten irritierten mich, ja, ich glaube, ich fürchtete mich sogar. Irgendwann sah ich noch einmal das rote Gesicht in der Menge, die Nonne blieb verschwunden und an andere Mitpassagiere konnte ich mich schon nicht mehr erinnern. Ich hatte Mühe, mich im Gewirr der Gänge und Flure zurechtzufinden. Den Flughafen Ndjili hatte ich mir nicht so groß und weitläufig vorgestellt. Als ich endlich die Bushaltestelle fand, war der Zubringer zum Air Terminal in der Stadt längst abgefahren. Mein Hemd war zum Auswringen nass und die klebrige Feuchtigkeit brannte in den Augen.

»Taxi, Monsieur.« Das war keine Frage gewesen, sondern eine Feststellung. Der schmächtige Mann im rosafarbenen Kittel nahm mir den Koffer aus der verschwitzten Hand und trabte los, als gelte es verlorene Zeit aufzuholen.

Noch immer alles grau: die verstaubte Palmenallee, die Industrieanlagen von Limete, die trostlosen Wohnblocks der neuen Stadt. Nach ungefähr fünfzehn Kilometern erreichten wir die Innenstadt von Kinshasa. Der Monsieur will nicht zuerst zu den Stromschnellen des Kongo gefahren werden? Nein, der Monsieur will nicht. Auch nicht zum Stanley-Denkmal? Nein, auch nicht. Zu welchem Hotel will denn der Monsieur gefahren werden? Der Monsieur will möglichst schnell zum kleinen Stadtflugplatz Ndolo gefahren werden. Ich fragte den Taxifahrer, ob ich wohl noch eine Maschine nach Kenge bekäme, doch er schien die Frage gar nicht an sich ranzulassen, weil er nun in Kamikaze-Manier gegen den zunehmenden Stadtverkehr ankämpfte und dabei kleine Lustschreie ausstieß. Als wir dann endlich vor dem Flughafengebäude ankamen, wollte ich es zuerst nicht glauben, dass diese unscheinbare Anlage wirklich ein Flugplatz sein könnte. Der Taxifahrer prüfte die Dollarscheine skeptisch. Hatte Simon vielleicht nicht Recht gehabt?

»Sie sollten sich die Regierungsgebäude ansehen, Monsieur«, mahnte der Taxifahrer in eigenartig kehligem Französisch. »Kinshasa ist eine sehr schöne Stadt.«

»Ja«, sagte ich, »ja, Monsieur.« Ich dachte: So schön

wie Gelsenkirchen oder Mannheim oder Ingolstadt. Was hatte diese Stadt mit meinen Afrikaträumen zu tun! Ein Anflug von Heimweh überkam mich. Wahrscheinlich lag das am Klimawechsel. Zu Hause hatte Schnee gelegen. Dass die Regenzeit die heiße Zeit ist, wusste ich, aber unter Hitze hatte ich mir sengende Sonne vorgestellt und nicht diese klamme Brühe, die mir auf die Lungen ging. Aber dann hatte ich Glück. Ein belgischer Pilot wartete bereits auf den sechsten Fahrgast, damit sich der Flug mit der Beechcraft auch lohnte. Wieder hauten sie mir gewaltige Stempel und Signaturen in den Pass, obwohl es doch bloß ein Inlandflug war, und wahrscheinlich zahlte ich auch einen viel zu hohen Betrag für das Ticket, doch ich war so übermüdet und gerädert, dass es mir gleichgültig war.

»Vite, vite!«, forderte der Soldat mit der MP, der offenbar die Abflüge zu bewachen hatte. »Der Pilot kann nicht länger warten. Er fliegt nur nach Sicht. Verstehen Sie?«

Also besaß er bloß eine Schönwetterlizenz und hatte von Navigation keine Ahnung. Auch gut. Ich ließ mich einfach treiben. Die Hitze hatte mich geschafft. Kaum hatte ich den Koffer unter dem engen Sitz verstaut und den Gurt angelegt, da brüllten die Motoren schon los, die Propeller liefen stotternd an, die Buckelwiese der Startbahn ließ die Kiste hüpfen und dann waren wir auch schon in der Luft. Unter uns dehnte sich der schwarze Strom zu beängstigender Breite, die Inseln im Kongo sahen aus wie Walbuckel. Wir flogen direkt in die Sonne hinein.

Von dem Mann im Cockpit sah ich nur den spiegelblanken Hinterkopf und die wippende Zigarre, die ihm seitlich aus dem Mund hing. Weil ich gleich hinter der Einstiegluke hockte, konnte ich von den anderen Passagieren nur die zwei Männer wahrnehmen, die die Plätze links vor mir hatten. Der eine war ein beinahe blauhäutiger Afrikaner in senffarbenem Tropenanzug und mit hartem Aktenköfferchen. Der Weiße mit den Altersfalten am Kehlsack wirkte schmuddelig in seinem Khakizeug, er schien dauernd zu grinsen, was aber auch an der Narbe am rechten Mundwinkel liegen konnte. Hinter mir redeten aufgeregt zwei Frauen. Ich verstand die Sprache nicht. Vermutlich war es Kikongo.

Ich hatte das Gefühl, dass mein Schädel in einem Schraubstock steckte und mehr und mehr zusammengepresst wurde. Der Druck übertrug sich auf die Muskeln am Hals. Mir war kotzübel. Außerdem schwoll mein linker Oberarm merklich an. Ich hatte mir die Impfung gegen Gelbfieber, Cholera und den anderen Kram zu spät geben lassen. Das war's. Und der Pilot schien das entweder zu ahnen oder er war sowieso ein Sadist, denn er folgte den Flussläufen, die ihm wohl als Orientierung dienten, fast ausschließlich in Schräglage, ließ die Maschine laufend über den Flügel kippen und wechselte dauernd die Flughöhe. Doch nicht die Beechcraft schien sich zu bewegen, sondern es war die Landschaft, die sich drehte, die hüpfte und die verrückt zu spielen begann. Ich konnte kaum schlucken. Die Kunststoffbezüge der Sitze stanken.

Dabei ahnte ich, ohne dass es mir wirklich ins Bewusstsein drang, dass die Bilder jenseits des Bullauges allmählich jene Formen und Farben zeigten, die denen meiner Phantasie zumindest nahe waren. Die Großzügigkeit der Hügelketten und Savannen, die schwarzen Waldfronten an den Flussrändern, dieses ganz andere, hellere Licht: Wir hatten das Hügelland der Brousse erreicht. Jetzt waren auch Wolkenbänke zu sehen.

»Ngandu! Ngandu!«, rief eine der Frauenstimmen plötzlich aufgeregt. »Ngandu!«, echote die andere.

Der Pilot hatte die Rufe gehört, er ließ die Maschine kippen, damit alle es sehen konnten: Krokodile lagen im Ufersand, zehn oder zwanzig. Ich hatte keinen Blick dafür. Schneefelder, versuchte ich zu denken, Eisblöcke, klirrende Kälte, spritzende Wasserfälle. Es gelang nicht. Und die Maschine hatte auch keine Klimaanlage.

Nach elenden anderthalb Stunden erschien die kleine Stadt am Horizont. Die Beechcraft flog jetzt dicht über den Baumwipfeln. Im Abendlicht wanderte der Schatten der Maschine, bizarr verzerrt, auf dem Blätterdach voraus. Die Wamba lag reglos, das Wasser schien sich nicht zu bewegen. Vom Fluss her steuerte der Pilot die Landebahn jenseits der Stadt an. Zwischen den Strohdächern der Holzhäuser, den Blechbedeckungen der Bungalows und den wenigen Palmen erkannte ich Kinder, die winkten. Nur ein paar Fahrzeuge waren zu sehen. Auch auf der anderen Flussseite dehnte sich eine Siedlung. Kenge un und Kenge deux, das wusste ich aus Simons Briefen. Die Provinzhauptstadt. Und erst jetzt fragte ich mich, ob Simon mich wohl am Flugplatz erwarten würde. Staubwolken quirlten auf, als die Räder den Boden berührten. Dann hatte ich Mühe, meinen Kopf und meinen Koffer bei mir zu behalten.

Simon war nicht gekommen.

Vielleicht war ich damals nicht einmal enttäuscht gewesen, sondern eher überrascht oder verwirrt. Lag mir daran, den Augenblick des Wiedersehens hinauszuzögern? Und wenn ja: warum? Immerhin hatte ich doch diese lange Reise unternommen. Dass mich ein Gefühl von Hilflosigkeit überkam, weiß ich gewiss. Nur wenige Leute standen am Rollfeld. Ein paar Frauen in langen bunten Röcken, eine hatte einen gierig saugenden Strubbelkopf an der Brust. Ich sah zwei bewaffnete Soldaten in Tarnjacken, einen Mann mit Postsäcken, einen Flugplatzbeamten mit nackter Brust und Dienstmütze. Da stand auch noch ein hagerer Weißer in Shorts. Der kam auf Stelzenbeinen auf mich zu und strich sich wie verlegen über das graue Bürstenhaar. Schweiß perlte auf seinem unrasierten Gesicht.

»Albert? Sind Sie Albert?« Er sprach deutsch, aber mit jenem Zungenschlag, der sofort den Niederländer verrät. Ohne eine Antwort abzuwarten, streckte er mir die Hand entgegen.

Seine Hand fühlte sich federleicht an. Wie ausgetrocknet wirkte alles an ihm. Haut, Sehnen, Knochen. Kein Fleisch, keine Muskeln. Die grauen Augen blickten freundlich und auf eine unaufdringliche Weise neugierig. »Simon hat mir gesagt, ich soll Sie mitbringen, wenn Sie mit dieser Maschine kommen. Die Flugzeuge bei uns sind schrecklich unpünktlich. Ich warte schon seit einer Stunde.« Er nahm meinen Koffer. Das Gewicht schien ihm nichts auszumachen.

Ich hatte ihm noch immer nicht gesagt, dass ich Albert sei, doch da ich nicht widersprochen hatte, war die Sache anscheinend für ihn in Ordnung. Hatte er seinen Namen genannt? Wohl nicht. Ich warf mir den Riemen der Bordtasche über die Schulter und folgte dem Mann zum Wellblechschuppen, auf dessen Tür in Schablonenschrift *Office* gemalt war.

»Es gibt Funkverbindung zur Versuchsfarm. Ich sag Simon Bescheid. Wollen Sie mit rein? Oder warten Sie lieber draußen?«

Ich wollte lieber draußen warten. Hier in den Hügeln war die Luft längst nicht so stickig wie in Kinshasa. Ein leiser Wind wehte und ließ das trockene Gras rascheln. Er trug Gerüche von der Stadt herüber, die ich nicht zu deuten wusste. Süßliches? Fauliges? Scharfes? Die Leute, die am Rollfeld gewartet hatten, umstanden jetzt den Piloten. Der lachte dröhnend. Offenbar bereitete er schon den Rückflug vor. Wenn er nur nach Sicht fliegen konnte, wurde es verdammt Zeit, denn die Sonne stand schon sehr niedrig. Jetzt, wo die Kontraste schärfer wurden, konnte ich die gewaltigen Ausdehnungen der Landschaft erkennen. Ich spürte eine Art Beklemmung, die mir neu war. Der dünne Mann kam aus dem Office und griff meinen Arm. »Alles klar. Simon kommt zur Station rüber und holt Sie ab.« Er lief auf den staubigen Camion zu, der im Schatten des Akaziengehölzes parkte. Aluminiumfässer waren auf der Ladefläche festgezurrt. Dort verstaute er auch meinen Koffer. Als der Motor ansprang, stoben Hühner unter dem Wagen hervor. Der Mann hupte zum Abschied, der Pilot winkte, der mit der Dienstmütze spreizte die Finger. Dann rumpelte der Laster über die miserabel asphaltierte Hauptstraße von Kenge. Kinder kreischten fröhlich. Sie schienen den Fahrer zu kennen. Ich klammerte mich an der Lehne des Sitzes fest. Die Baracken, an denen wir vorbeifuhren, sahen trostlos aus, ein paar waren mit Stacheldraht umzäunt.

Ich sagte: »Sie haben mit Simon ausgemacht, dass er mich abholt. Aber was haben Sie mit *Station* gemeint?«

»Missionsstation.«

»Arbeiten Sie dort?«

Er lachte, es klang nicht fröhlich. »Wie man's nimmt.«

»Als was?«

»Als Missionar.«

Das verblüffte mich. Wahrscheinlich hatte ich mir kein bestimmtes Bild vom Aussehen eines Missionars gemacht, doch diesen Mann mit Sechstagebart und in kurzer Hose hätte ich für alles andere gehalten. Wir hatten inzwischen die Stadt verlassen und rollten zwischen gigantischen Bäumen auf fester Lehmpiste bergab. Der Fahrtwind kühlte mein Gesicht. Die Kopfschmerzen waren längst nicht mehr so heftig. Aber ich hatte immer mehr Mühe, die Augen offen zu halten.

»Ich heiße übrigens Kees«, sagte der Missionar. »Eigentlich *Père* Kees.« In seinem Lachen war Spott. »Sagen Sie bitte nur Kees zu mir. Gewisse Titel haben hier draußen ihre Bedeutung verloren.«

Was sollte das heißen? Andererseits ging es mich nichts an und ich war auch zu müde zum Fragen. Wichtig war, dass ich bald etwas zu trinken bekam. Ich hatte das kaum zu Ende gedacht, da zog der Missionar eine Feldflasche unter dem Fahrersitz hervor und hielt sie mir hin. Vielleicht war er ja ein Hellseher.

»Tee«, sagte er.

Ich schraubte den Verschluss auf und trank gierig und dann bekam ich einen Hustenanfall. Es war nicht nur Tee, es war vor allem Rum. Trotzdem trank ich weiter und gab die Flasche zurück. Dann erreichten wir den Fluss.

Die Bac lag zwar am anderen Ufer der Wamba, doch die Fährmänner hatten den Lastwagen von Kees wohl erkannt, denn sie warfen sofort die Maschine an. Der Fluss leckte mit trägen Wellen am Ufersand. Ich sah tote Ratten und Fische mit geplatzten Bäuchen zwischen Blechdosen und Abfallholz treiben. Die Bugwelle der Fähre schwemmte alles davon. Zwei nackte Jungen hechteten ins Wasser und schwammen der Bac entgegen.

Kees fuhr den Camion auf das Ladedeck und stieg dann aus. Ich folgte ihm. Er gab den beiden Fährmännern die Hand, sagte Mbote und hielt sein Zigarettenpäckchen hin. Sie bedienten sich und steckten dann das

Päckchen ein. Kees ließ es geschehen. Ich spürte einen leisen Zorn und es störte mich auch, dass die Männer mich so unverschämt grinsend mit den Blicken abtasteten. Ich hielt mich an der Reling fest und schaute in das dunkelbraune Wasser, obwohl da nichts zu sehen war. Die beiden Jungen hatten sich ein Tau gegriffen und ließen sich im Kielwasser mitschleppen. Der Dieselmotor tuckerte unsauber. Als wir das andere Ufer fast erreicht hatten, ließ Kees den Lastwagen übertourig aufröhren, als müsste er Anlauf nehmen für den Uferhang. Ein dichter Mückenschwarm tanzte vor der Windschutzscheibe.

Ich fragte Kees, warum es keine Brücke zwischen Kenge un und Kenge deux gebe, aber er zuckte nur die Schulter. Es gab eine Umgehungspiste, wir brauchten nicht durch den Ort zu fahren. Große Tiere huschten durch die Lichtkegel der Scheinwerfer. Der Missionar schien an so etwas gewöhnt zu sein.

»Was sind das für Tiere?«

»Hunde«, sagte Kees, »verwilderte Hunde. Sie sind ziemlich gefährlich, weil sie ausgehungert sind.«

Ich hatte an Schakale oder Hyänen gedacht. In meinen Afrika-Illusionen waren verwilderte Hunde nicht vorgekommen. In den tief ausgefahrenen Spuren der Piste rüttelte der Wagen jetzt heftig.

»Wie geht's Simon eigentlich?«, fragte ich nach einer Weile und fand meine Frage gleichzeitig idiotisch.

Wahrscheinlich fand Kees das auch. »Fragen Sie ihn selber. Wir sind bald da.« Aber dann sagte er doch noch etwas und starrte dabei scheinbar angestrengt geradeaus. »Sieht so aus, als ob sie ein paar Probleme hätten, die da draußen.«

Im spärlichen Licht wirkte der Komplex wie eine Hazienda. Weiß das zweigeschossige Gebäude in Hufeisenform, weiß das umrundende Mauerwerk, die flachen Nebenbauten waren anscheinend aus Holz und Wellblech. Wir fuhren durch den gemauerten Rundbogen des Tors. Der Kirchturm im Hintergrund war nur zu erahnen. Als der Motor abgestellt war, hörte ich Schafe blöken. Männer in weißem Ornat gingen über den Hof. In der offenen Tür eines Landrovers saß jemand und rauchte. Ich konnte das Gesicht nicht erkennen, wusste aber trotzdem sofort, dass es Simon war. Er stand auf, als wir ausstiegen, und näherte sich beinahe zögernd.

»Hallo, Simon!«, rief der Missionar. »Ça va?«

»Ça va, Kees.«

»Hier bringe ich Ihnen Ihren Bruder.«

Ich fühlte es genau: Simon wollte mich umarmen, schien dann aber plötzlich die gleiche Scheu zu spüren, die auch mich seltsam lähmte. Er ließ die erhobenen Arme wieder sinken und fasste meine Hände. Er schaute mich eine lange Zeit an. Die Gläser seiner Brille reflektierten das Licht der Neonlampe und so konnte ich seine Augen nicht sehen. Die sechs Monate, die er nun schon hier in Kimbao verbracht hatte, hatten ihn äußerlich kaum verändert. Natürlich wirkte seine Haut ein wenig wettergegerbt und sein Haar war wohl vom Aufenthalt im Freien noch strohiger geworden. So schlank war er eigentlich schon immer gewesen.

»Mensch, Albert! Dass du gekommen bist! Ich freu mich.«

»Simon, du letzter Mohikaner! Dass es dich noch gibt! Ist verdammt schön, dich endlich mal wiederzusehen. Geht's dir gut?«

Er lachte. »Klar! Wo du jetzt hier bist. War die Reise schlimm?«

»Ging so. Bisschen abgeschlafft bin ich schon.«

Kees lud uns ins Haus ein, aber Simon lehnte ab. Während wir meine Sachen vom Camion in den Landrover umluden, berichtete ich Simon von zu Hause, richtete die Grüße aus, beantwortete seine wenigen Fragen. Er schien sich aufrichtig zu freuen, dass ich gekommen war.

»Wir sehen uns ja noch«, rief der Missionar mir nach, als wir losfuhren. Ich winkte, schaute mich aber nicht um, weil Simon den Wagen mit solch einem Affenzahn durch das Tor jagte, dass sich mir der Magen drehte.

Wir konnten uns nur Wörter zuschreien, weil der Motor so laut war und weil der Landrover so entsetzlich hüpfte. Ob das Absicht war? Vielleicht wollte Simon auch, dass ich endlich zum Schlafen kam. Es ging bergauf, bisweilen griffen die Reifenprofile nicht im lockeren Boden, harte Gräser schrappten am Bodenblech. Wahrscheinlich musste man hier so schnell fahren, um nicht stecken zu bleiben. Nach ungefähr zwanzig Minuten hatten wir die Farm erreicht.

Kaltes Licht scheinwerferartiger Lampen leuchtete das Areal aus. Unwirklich wie ein Film wirkte das alles. Enttäuschung? Ernüchterung? Was ich in diesem

Augenblick empfand, muss wohl so etwas gewesen sein. Nicht dass ich romantische Blockhäuser unter flüsternden Palmen mit angehobbelten Pferden und plätscherndem Brunnen erwartet hätte! Ich hatte bestimmt nicht an Leopardenfelle, Wasserbüffelgehörn und gewaltige Tamtam-Trommeln gedacht, denn Simon hatte ja Fotos geschickt. Doch so nüchtern und unfertig und belanglos hatte ich mir das Aussehen der Versuchsfarm nicht vorgestellt. Aufgebockte Containerhütten standen wie auf einer Baustelle herum. Ein Generator summte. Eine Funkantenne ragte lächerlich in den Nachthimmel. Das lange Gebäude – Stallung oder Werkstatt – schien nur notdürftig aus dünnen Baumstämmen zusammengenagelt worden zu sein, immerhin hatte es ein Palmblätterdach. Ich zählte drei Geländewagen und einen Unimog. Aus einem der Blechhäuser plärrte Reggae. Nur hinter den Fenstern dieses Hauses war Licht zu sehen, in den anderen Blöcken war es still und dunkel.

»Schön hier«, sagte ich.

Simon stellte den Landrover bei den anderen Fahrzeugen ab. Auf meine Bemerkung antwortete er nicht, weil er wohl ihre Peinlichkeit spürte. Ich dachte: Warum kann ich nicht einfach nur die Schnauze halten? Diese törichte Schwatzhaftigkeit. Ich hatte meinen Bruder so lange nicht gesehen, konnten wir da die Fremdheit nicht schweigend akzeptieren? Als ob Redensarten Vertrauen erzeugten!

Simon trug meinen Koffer. »Komm erst mal hier

rein«, sagte er und zeigte auf das Containerhaus mit den erleuchteten Fenstern. »Ich mach dich mit den anderen bekannt.« Er stieß die Tür auf und schob mich in den Raum, in dem die heiße Luft zum Schneiden war. »So, da ist er, der Albert!«

Der fleischige Mann hatte einen kurzen Bademantel an. Er setzte die Bierflasche ab und lächelte mir zu. Jedenfalls musste ich das Wippen seines mächtigen Schnauzbartes wohl so deuten. Sein schütteres schwarzes Haar hing ihm in die Stirn. Robbe, dachte ich, eine Robbe. Er drückte die Zigarette aus und stemmte sich aus dem Korbstuhl hoch. Typ des verfetteten Halbschwergewichtlers, die Augenlider hängend, doch das konnte am Alkohol liegen. Er streckte mir die Hand entgegen.

»Das ist René«, sagte Simon. »Unser Projektleiter. Ökonom und Ökologe zugleich. So ungefähr der beste Landwirt, den's gibt.«

René stieß hartes Gelächter aus. »Willkommen am Arsch der Welt!« Er schüttelte meine Hand, als wollte er mir den Arm abreißen. Die Trägheit täuschte: Er musste sehr stark sein, in jeder Hinsicht.

»Kannst du nicht die Tür zumachen, Simon!« Der schmächtige Mann in Turnhose, der sein dichtes braunes Haar zu einer millimeterkurzen Matte geschnitten und den krausen Bart offenbar nur flüchtig mit einem Messer gestutzt hatte, drohte mit zittrigem Finger. »Schei… Scheißmoskitos!« Er patschte sich mit der flachen Hand auf die schweißnasse Brust. Ein bisschen torkelnd kam er hinter dem niedrigen Tisch aus geschälten und verdübelten Ästen vor und deutete eine Art Bückling an. »Micha.« Und dann kichernd, als hätte er einen königlichen Witz gemacht: »So ungefähr der beste Biologe, den's gibt. Freut mich, Albert. Wann kriegen wir schon mal Besuch!«

Simon drückte mich auf die binsengeflochtene Couch. »Rasmus hat heute die Nachtwache. Du lernst ihn morgen kennen. Und Mpunda schläft schon. Nimm dir ein Bier, du wirst Durst haben. Ich hab dir auch was zu essen kalt gestellt.«

Er ging wieder hinaus.

»Kalt gestellt ist gut«, gluckste Micha und setzte sich wieder. »Unser Kühlschrank spielt doof. Wir haben ihn auf Petroleum umstellen müssen. Weißt du, was das bedeutet?«

Woher sollte ich das wissen?

»Pisswarm«, sagte er fast verschwörerisch, »bedeutet pisswarm.« Er öffnete eine Flasche Primus-Bier an der Tischkante. »Hier! Frisch aus dem Kühlschrank!«

»Ich würd lieber Wasser trinken.« Der Gedanke an warmes Bier setzte mir zu. Kalt duschen, kaltes Wasser trinken, in ein kühles Bett schlüpfen: So ungefähr spielte es sich in meinen Gedanken ab.

René sagte: »Drei Dinge musst du dir merken. Niemals Wasser trinken. Niemals ohne Schuhe in der Brousse rumlaufen. Niemals ohne Insektenschutz auf der Haut tagsüber das Haus verlassen. Aber das mit dem Wasser, das ist das Wichtigste.«

Das Bier schmeckte schal und war klebrig. Ich dachte:

Wieso muss einer Nachtwache halten? Ich sah auch das Gewehr, das am Wandspind lehnte. »Mpunda ist ein seltsamer Name«, sagte ich, weil keiner redete und weil mir nichts anderes einfiel.

»Da sagst du was.« René schlürfte die Flasche leer. »Ist wirklich ein seltsamer Name. Aber er passt. Bloß mag er das nicht, dass wir ihn Mpunda nennen, weil das nämlich *Pferd* heißt. Sein richtiger Name ist Joseph. Er ist ein Kongolese, aber er stammt nicht von hier. Hier wohnen die Bapelende. Er ist ein Bayaka.«

»Das ist alles ein bisschen kompliziert«, sagte Micha und gab sich viel Mühe artikuliert zu sprechen, obwohl es ihm schwer fiel. »Koch ist er. Ganz passabel, will ich mal sagen. Prost!« Er trank in schnellen Schlucken.

Die Glühbirne an der niedrigen Decke flackerte unregelmäßig. Dass neben dem Kalender mit den Pin-up-Girls ein Ventilator lief, sah ich erst jetzt. Zu spüren war er jedenfalls nicht. Wo Simon nur so lange blieb!

»Wie schaut's denn so aus in der Heimat?«, fragte René, fügte aber gleich hinzu: »Wir können hier die Deutsche Welle hören. Manchmal versteht man zwar kein Wort, aber ...« Er machte eine Handbewegung, die alles oder gar nichts bedeutete.

Ich sagte, ich hätte Zeitungen und Zeitschriften mitgebracht. Ja, über Fußball stehe auch was drin. Ja, Schalke sei wieder in der ersten Bundesliga. Ja, das Problem des Waldsterbens sei erkannt, jedenfalls werde dauernd darüber geredet. Ja, Taschenbücher hätte ich auch dabei, Krimis und so.

»Ich bin übrigens Schweizer«, sagte René unvermittelt.

»Als ... als ob das so was Tolles wär!« Micha wischte sich Bierfäden aus dem Bart. Dann stand er auf und schüttelte sich. »Ich muss noch mal ins Labor.«

Als er gegangen war, sagte René: »Manchmal hat er Malaria-Anfälle. Eigentlich dürfte er gar nicht hier draußen sein. Andererseits ist Micha unentbehrlich für unser Projekt. Na, das merkst du ja alles noch. Da gibt's noch 'ne ganze Menge Sachen, die du merken wirst. Schlaf dich erst mal richtig aus.«

Das prallte an meinen Ohren ab. Was ich hörte, registrierte ich nicht mehr. Simon brachte mir einen Teller mit Cornedbeef, Eiern und einem grünen Durcheinander, das ich nicht identifizieren konnte. »Saka-Saka«, sagte Simon. »Kaltes Gemüse aus Maniokblättern. Bisschen bitter, aber vitaminreich. Gewöhnt man sich dran. Lass es dir schmecken.«

Ich aß ohne jeglichen Hunger. Wahrscheinlich hätte ich mehr Mühe gehabt, wenn ich Simon hätte erklären wollen, dass ich eigentlich gar keine Lust auf irgendetwas Essbares hatte. Also aß ich und würgte den Ekel mit dem Essen hinunter. Ich trank auch mein Bier aus, obwohl es den verrückten Durst nicht gelöscht hatte. Eigentlich war mir nur schlecht vor Erschöpfung.

»Schlaf heut Nacht in meinem Zimmer«, sagte Simon, »und morgen sehen wir dann weiter. Das Bett ist frisch bezogen.«

»Und wo schläfst du?«

Simon schnipste nur mit dem Finger. Was hatte das zu bedeuten? Er führte mich über den beleuchteten Hof zu einem der aufgebockten Metallhäuschen, das sah aus wie ein silbriger großer Ziegelstein. Die Wolkenbänke über uns konnte ich nur ahnen. Simon sagte, die Dusche funktioniere erst am nächsten Morgen wieder und ich solle das Moskitonetz sorgfältig schließen. Dann gab er mir einen Klaps auf die Schulter und verschwand.

Ich stand in dem engen Raum, durch dessen Fenster das Lampenlicht von draußen hereinfiel. Afrika!, dachte ich. Unwirklich erschien mir das alles, geradezu absurd. War ich tatsächlich angekommen? Ich pinkelte in der Nische und hörte den Kalk im Trockenklo zischeln. Dann warf ich mich nackt auf das Feldbett und fummelte das Gazegewirr um mich herum halbwegs zurecht. Ich lag wie ohnmächtig vor Übermüdung und konnte nicht einschlafen. Erstickungsängste.

Und dann setzte der Regen ein. Vergessene Wörter hatten plötzlich wieder Bedeutung. Zum Beispiel dachte ich lange das Wort Sintflut. Dass es solch einen Regen überhaupt gab. Das Metallgehäuse, das mich umhüllte, zitterte und stöhnte. Vielleicht schwimmt alles weg, dachte ich noch. Die Bilder von gefährlichen, rasend fließenden Strömen nahm ich mit in den Schlaf.

Mbuluku

Als ich wach wurde, wusste ich sofort, wo ich mich befand. Mein ganzer Körper juckte und brannte von Moskitostichen. Ich hörte den Generator surren und von ganz fern das Brüllen einer Kuh. Als ich den Kopf hob, schaute ich direkt in ein schwarzes Gesicht und erschrak. Wahrscheinlich hatte der Mann mich schon eine Zeit lang beobachtet.

»Ich bin Joseph. Mbote, Albert. Frühstück ist fertig – schon lange!«

»Mbote«, sagte ich verwirrt und grinste vermutlich blöd. »Ich habe verschlafen, ja?«

Joseph sprach ein eigentümlich abgehacktes Französisch. »Simon hat gesagt, du sollst schlafen, solange du willst, weil du eine weite Reise hattest. Aber wenn du jetzt aufstehen willst: Es ist schönes Wasser da. Und komm dann zum Frühstücken, ja? Café au lait?«

»Café noir«, sagte ich. Ich mag keinen Milchkaffee. Dass sie Joseph Pferd nannten, konnte ich verstehen, als ich sah, wie er seinen vierschrötigen Leib durch die Türöffnung nach draußen schob und dabei furchtbar schräg *The House of New Orleans* pfiff.

Ich musste erst fette Spinnen verscheuchen, bis ich die Duschkabine betreten konnte. Das Verfahren war einfach: Eine Gießkanne diente als Perlator. Wenn man am Seil zog, öffnete sich eine Klappe an der Decke und aus der Dachzisterne, in der sie das Wasser des Nachtregens auffingen, rann ein armdicker Strahl. Das Wasser war zwar schon warm, aber es duftete geradezu nach Wasser und erfrischte. Das Frühstück war eine Enttäuschung. Hartkekse, offenbar aus Notrationen von Soldaten, Margarine aus der Tube, etwas Honigartiges, das nach Chemie schmeckte. Und den Kaffee konnte man sowieso vergessen. Joseph setzte sich zu mir und fragte unentwegt, ob es mir auch wirklich schmecke.

»Wo sind die anderen?«, fragte ich.

»Wo schon! Bei den Kühen.« Joseph zeigte in irgendeine Richtung. »Simon macht neue Bodenproben und Rasmus hat ein neues Medikament gegen den Euterbrand gemixt und will es ausprobieren. Sie machen immer etwas Neues, aber ich sag dir: Sie könnten es auch genauso gut lassen.«

Ich verstand nicht, was Joseph meinte. Es wurde Zeit, dass Simon mir das alles ausführlich erklärte. Ich fragte, welchen Beruf Rasmus habe, und Joseph erklärte mir, der sei Veterinär.

»So ungefähr der beste Veterinär, den's gibt.«

Er sagte das wirklich. Er gebrauchte fast die gleichen Worte, die die andern am Abend gebraucht hatten.

Hatten sie sich solche Redensarten bloß so angewöhnt? Sollte das Ironie sein? In Josephs großflächigem

Gesicht stand zwar ein Grinsen, doch das war eine Dauererscheinung und rührte von den Tätowierungen her. Ich hatte die Frage auf der Zunge, ob Simon denn auch so ungefähr der beste Geologe sei, den's gibt, hielt aber den Mund. Joseph schob mir einen Holzkasten mit schwarzen Zigaretten über den Tisch, doch ich wollte nicht rauchen. Ich wollte jetzt vor allem endlich zu Simon hinaus. Joseph wollte mich aber noch nicht weglassen.

»Du musst eine andere Hose anziehen. Mit so engen Hosen reibt man sich bei der Hitze die Haut wund. Komm mit mir, du kriegst eine von Simons Hosen. Und die Haut musst du dir auch gründlich einschmieren. Das ist Vorschrift bei uns. Das ist kein Spaß mit den Moskitos.«

Die Erfahrungen der Nacht hatten mir gereicht. Ich ging Joseph folgsam nach zum Magazincontainer, tauschte die Jeans gegen eine schlackernd weite Arbeitshose, rieb mich dann gründlich ein mit einer grünlichen Matsche, die Joseph aus einer großen Tube quetschte. Dann stapfte ich in der Richtung, die Joseph mir gezeigt hatte, den Hang hinauf. Wie war das Wort noch gewesen? Mpunda? Aber er war entschieden ein sympathisches Pferd.

Im harten Gras und in den Büschen hing noch die Nässe. Das Land schien zu dampfen in der ersten Morgenwärme. Dunstschlieren quirlten am Horizont und vermischten die Übergänge zwischen Nebel und Wolken. Ich konnte die aufkommende Hitze riechen, saugte diesen fremden Geschmack geradezu ein und schaute und schaute. Von oben wirkten die blechernen Häuser der Farm wie eine Wagenburg. Nach Westen hin dehnte sich ein dichtes Waldgebiet hügelan. Windschiefe Kokospalmen standen vereinzelt in der Grasschneise, die parallel zum Waldrand verlief und zu beiden Seiten von niedrigen Büschen und von Dorngestrüpp gesäumt wurde. Wieder hörte ich das Brüllen der Kuh.

Ich erinnere mich genau, dass mein Bewusstsein es erst jetzt, wo ich auf diesem Grashang stand, wirklich aufnahm: Ich war angekommen. Die Wörter hatten plötzlich etwas Greifbares. Afrika. Zaire. Kimbao. Und ich bin jetzt hier. Ich bin angekommen.

Der Mann, der sich mit den Armen auf den Balken des kleinen Korrals aufstützte und die Kuh betrachtete, musste Rasmus sein. Ich wusste, dass er ungefähr so alt war wie Simon, Micha und René, also höchstens dreißig Jahre, doch er wirkte älter. Er sah mich und hob die Hand zum Gruß. Als ich näher kam, bemerkte ich, dass seine Haut ungewöhnlich hell war, fast wie bei einem, der Tag und Nacht in geschlossenen Räumen bei künstlichem Licht verbringt, dabei lebte er doch schon länger als die drei anderen in dieser Gegend. Ich mochte Rasmus vom ersten Augenblick an. Ich weiß die gelassene Freundlichkeit, die von ihm ausging, nicht zu beschreiben.

»Mbote, Albert! Dass du uns Einsiedler besuchst! Geht's gut?«

Es würde mir nicht ganz leicht fallen, Rasmus mit du

anzureden. Ich wusste nicht, warum. Bei Simons anderen Mitarbeitern sah ich in dieser Hinsicht überhaupt keine Schwierigkeiten. Bei Rasmus fühlte ich eine freundliche Distanz, gleichzeitig hatte ich aber den Wunsch, ihn näher kennen zu lernen. »Mbote«, sagte ich, weil ich begriffen hatte, dass sich hier alle in der Landessprache grüßten. »Ja, ich glaube, es geht mir gut. Aber ich bin gerade erst angekommen.«

»Hast Recht: Meine Frage war dumm. Simon erzählte, dass du grad Abitur gemacht hast. Und da suchst du dir für die Ferien ausgerechnet unsere Brousse aus? Hoffentlich bist du hinterher nicht enttäuscht. Hat Simon dir nicht geschrieben, dass es nicht mehr so ganz glatt läuft bei uns?«

Da war es wieder! Andeutungen, hingeworfene Bemerkungen, die scheinbar kein Gewicht hatten, dieses lässige Runterspielen. Was das wohl heißen sollte: nicht mehr ganz so glatt? »Ich muss mich erst ein bisschen zurechtfinden«, sagte ich ausweichend. »Was ist los mit der Kuh?«

»Wir hielten es erst für Akklimatisationsschwierigkeiten, aber es sind ganz rätselhafte Verdauungsstörungen. Micha experimentiert mit den unterschiedlichsten Grassorten, aber es haut einfach noch nicht hin. Das Gras, das wir hier ursprünglich vorfanden, war zu sauer. Dann dachten wir, dass wir's geschafft hätten, aber ...« Rasmus brach ab und klatschte sich eine grünliche Fliege von der Backe. »An sich ist das Simmentaler Höhenfleckvieh sehr robust. Auf die Injektionen gegen

Tse-tse-Fliegen und die verschiedenen Stechmückenarten haben unsere Tiere sehr gut reagiert. Das Problem ist das Futter. Was wir da an Zusatznahrung alles einführen müssen! Na, ich erklär dir das noch alles im Einzelnen.«

»Wie viele Kühe habt ihr hier?«

»Elf Tiere insgesamt. Außer den Simmentalern noch Graubraune Allgäuer, Gebirgsvieh also. Elf trächtige Kühe. Und dann haben wir noch einen Jungbullen. Findest du alles auf der Südseite des Hügels. Simon ist da auch mit seinen Brunnengrabungen zu Gange. In der Regenzeit haben wir zwar genug Wasser, aber in der Trockenzeit wird's brenzlig. Der Bach, von dem wir eigentlich das Wasser herleiten wollten, versiegt zu leicht.«

Die Kuh schaute wie vorwurfsvoll zu uns her und brüllte wieder. Um ihr Euter wimmelten Insekten in schwarzen Schwärmen. Nur zögernd zupfte die Kuh am kniehohen Gras.

Ich verstand das nicht. Wenn die europäischen Tiere mit Klima und Vegetation Schwierigkeiten hatten, warum führte man sie dann künstlich ein? Gab es denn nicht genug afrikanische Rindersorten? Ich fragte Rasmus danach und er hörte mir mit fast verbissener Ernsthaftigkeit zu.

»Junge, du ahnst gar nicht, was für ein entscheidendes Problem du da ansprichst, und da geht's auch gar nicht nur um die Kühe: Das ist viel grundsätzlicher.«

Sein Gesicht entspannte sich ein wenig, er zündete

sich eine Zigarette an und paffte ein paar Züge. Anscheinend war er so in Gedanken, dass er gar nicht darauf kam, mir das Päckchen hinzuhalten, doch ich wollte sowieso nicht rauchen. Er sagte: »Hier im Hügelland geht es nicht um Ackerwirtschaft. Als Zugtiere wären Watussi-Rinder unschlagbar. Bei uns geht es um Milch- und Fleischgewinnung. Die Bantus, die hier in den Dörfern leben, leiden fast alle an Mangelerscheinungen. Eiweißmangel besonders. Du wirst das selber sehen. Kleine Kinder mit aufgedunsenen Maniokbäuchen. Sie kochen in der ganzen Gegend hier Luku-Brei aus Maniokknollen. Stärkehaltig, und wie! Aber keine Proteine.« Rasmus blies Rauch durch die Nase und hustete. »Kennst du Zebus?«

»Diese Rinder mit den großen Buckeln?«

»Genau. Es gibt eine besondere Zebu-Art. Schlank, hochbeinig. Wird Sanga-Rind genannt. Diese Tiere, also, die wären ideal hier!«

»Aber warum ...«

Er wehrte die Frage mit einer Handbewegung ab. »Für dieses Forschungsprojekt gibt es eine eindeutige Beschreibung. Das heißt konkret, dass wir die Möglichkeit zu prüfen haben, ob es gelingen kann, europäische Milchkühe auf Dauer hier zu halten und zu züchten. Und genau dafür haben wir unsere Bestimmungen, genau dafür werden wir bezahlt und genau diesen Versuch finanziert die Entwicklungshilfe. Basta!« Das klang schroff. Als ob er sagen wollte: Wir haben nicht zu denken, sondern den Auftrag zu erfüllen. Rasmus merkte, dass er mich mit seiner Bemerkung überfordert hatte, andererseits schien er nicht weiter über dieses Thema reden zu wollen. Nahm er mich nicht ernst? Jedenfalls lenkte er ab. »Darfst nicht alles auf die Goldwaage legen, was wir hier so reden. Wahrscheinlich müssten wir langsam mal abgelöst werden. Zumindest Heimaturlaub hätten wir nötig. Besonders Simon.« Er sprach jetzt leiser, obwohl niemand in der Nähe war. »Behalt's für dich, Albert, aber Simon ist kein Mann für die Brousse! – Aber 'nen ausgewachsenen Rappel, den haben wir inzwischen alle. Also schnapp nicht gleich ein, wenn mal einer ...«

Ich hörte nicht mehr richtig hin. Simon ist kein Mann für die Brousse: Der Satz hatte sich mir im Gehirn festgehakt. Was genau hatte das zu bedeuten? Und warum sagte Rasmus mir das? War das eine Warnung? Oder ein Vorwurf? Die Andeutungen von Kees fielen mir wieder ein. Ich dachte auch: Störe ich hier? Hätte ich nicht kommen dürfen? Stehe ich im Weg?

»Du musst einen Hut aufsetzen«, sagte Rasmus. »Man darf sich durch die dunstige Suppe nicht täuschen lassen. Gerade, wenn man frisch im Lande ist. Die Ultrastrahlung kann dir leicht aufs Hirn schlagen. Komm mal mit!«

Rasmus hatte den Jeep auf der anderen Seite der Weide abgestellt. Die Kuh beobachtete jede unserer Bewegungen. Das Hemd klebte mir inzwischen am Körper. Ich sah große Falter von einer Farbigkeit, die mir ganz fremd war, zwischen den Halmen flattern. Die

Waldfront war inzwischen grau von der diesigen Luft. Rasmus nahm von der hinteren Sitzbank des Jeeps einen flachen Filzhut mit breiter Krempe und warf ihn mir zu. Ich sah die fettigen Schwitzflecke und zögerte, ihn aufzusetzen.

»Ist von Simon«, sagte Rasmus.

Zumutbar also. Der Schweiß des Bruders ist zumutbar. Ich ging langsam den Hügel hinauf und kam mir lächerlich klein in dieser großen Landschaft vor: Ich sah mich geradezu von weitem. Das Gefühl, dass man in einer solchen Landschaft verloren gehen konnte, erregte mich. Abhanden. Unauffindbar. Einfach verschluckt.

Simon hatte in einer Talsenke Prüfsonden für Bodenproben in die Erde getrieben. Blätter mit Diagrammen und kleine Kästen, deren Fächer mit verschiedenfarbigen Lehmsorten gefüllt waren, lagen herum. Ich wusste nicht, was das zu bedeuten hatte. Als Simon mich kommen sah, legte er den Erdbohrer weg und winkte. Er wirkte erschöpft.

»Na? Wie war die erste Nacht in der Brousse?«

»Ganz gut. Ich hab das Moskitonetz wohl nicht richtig zugemacht. Da.« Ich zeigte Simon die roten Schwellungen auf den Armen. »Aber geschlafen hab ich ganz gut. Dass ihr schon so früh mit der Arbeit angefangen habt!«

»Früh? Was heißt früh? Hier draußen bestimmen die Temperaturen die Arbeitszeiten. Und die Viecher natürlich. Hat Mpunda dir was zu essen gemacht? Du musst es sagen, wenn du etwas brauchst.« Dann sprach er beinahe zu sich selbst. »Jeder muss sehen, wo er bleibt. Hier ist alles anders.«

Rasmus hatte gesagt, Simon sei kein Mann für die Brousse. Ob Rasmus Recht hatte, war eine ganz andere Sache. Aber die Frage, warum Rasmus mir das gesagt hatte, ging mir nicht aus dem Kopf.

»Es ist alles okay«, sagte ich. »Was machst du da?«

»Ich suche seit Tagen nach der richtigen Stelle für die Brunnenbohrung. Sieht nicht so gut aus. Übrigens solltest du Rasmus mal die Moskitostiche zeigen. Er kann dir was draufschmieren. Hast du Rasmus schon kennen gelernt?«

»Hab ich, ja.«

»Wie findest du ihn?«

»Schwer zu sagen. Wenn man nur so ein paar Worte wechselt. Kann ich dir was helfen?«

»Was hat Rasmus dir denn alles erzählt?«

Warum fragte Simon das? »Wir haben über die Kühe geredet. Dass Zebus eigentlich richtig wären und so. Dann hat er mir diesen Hut hier gegeben. Wär deiner. Sag, kann ich dir helfen?«

»Und sonst? Hat er auch über ... Lass man, Albert, guck dich erst mal so 'n bisschen hier um. Schließlich bist du nicht zum Malochen nach Afrika gekommen. Wir besprechen das alles nach dem Mittagessen. Du bist hier zu nichts verpflichtet. Dass das mal klar ist. Du machst hier Ferien und sonst nix!«

Wieso betonte er das? Und ich war mir ganz sicher,

dass Simon mich eigentlich fragen wollte, ob Rasmus auch über ihn geredet hätte. Dieses Belauernde. Dieses misstrauische Gefrage. Aber alles so verdammt indirekt. »Wo sind denn René und Micha?«

Simon zeigte nach Südwesten. »Hinter den Dornbüschen ist unsere Hauptweide. René wird unten am Bach sein. Er mischt die Salze in den Sauftrögen zurecht. Glaub ich jedenfalls. Und Micha sitzt wahrscheinlich im Labor hinter seinem Mikroskop und pusselt an den Grassamen herum. Aber zu Mittag treffen wir uns alle im Gemeinschaftsraum. Mpunda schlägt den Gong, wenn es soweit ist. Bleib also in der Nähe, ja? Und pass auf dich auf.«

»Sag mal, euer Projekt hier ...« Als ich Simons Gesicht sah, hatte ich keine Lust mehr zum Weiterreden. Verschlossen: das war das Wort. Ich knöpfte das verschwitzte Hemd auf und wandte mich um.

»Wenn du Fragen hast, Albert«, rief Simon fast betulich, »also, nach dem Essen, da haben wir 'ne Menge Zeit zum Reden! Mir wär's übrigens lieb, wenn du nicht allein zum Dorf gingst. Das machen wir mal zusammen, ja?«

Ich dachte: Jeder von ihnen arbeitet für sich allein. Jeder tut genau *seine* Arbeit. Vier Spezialisten erfüllen ihre Pflicht. Und ich hatte mir, das weiss ich noch genau, lachende, schweißglänzende Pioniergesichter voll optimistischer Freude vorgestellt. Gemeinsam schaffen wir's! Seht nur alle, wie wir vorankommen! Der Glaube an unser Werk gibt uns die Kraft! Ich hatte doch

Simons frühe Briefe im Kopf: Unser Projekt läuft gut an. Und all die Propagandasprüche: Es gibt viel zu tun, packen wir's an! Und die Bildunterschriften der Missionszeitschriften: Fröhlich meistern wir alle Schwierigkeiten. Heute weiß ich, dass ich den Ballast dieser Reklamebilder mitgebracht hatte: Ja, ja, die lachenden, schweißglänzenden Pioniergesichter. Schwarze und weiße Gesichter. Nebeneinander. Miteinander. Schulterschluss sozusagen: wir! Eifrig und erfolgsgewiss beim Gräbenziehen, beim Pflanzen, beim Nähen, beim Krankenpflegen, beim Unterrichten, beim Häuserbauen, beim Brunnengraben, beim Wiesenwässern, beim Tierefüttern, beim Früchtepflücken. Solche Bilder. Die behutsamen, kameradschaftlichen weißen Lehrer, die verständigen, kameradschaftlichen schwarzen Schüler: wir gemeinsam. Und seht nur, wie wir Schritt für Schritt dem Ziel näher und näher kommen. Und dann blendet die Musik voll auf, groß das Abendrot. Zukunft, Hoffnung, Brüderlichkeit. Und zwischen den lachenden, schweißglänzenden Pioniergesichtern: mein Gesicht. Ich in Afrika. An wippenden Kokospalmen hangelnd. Hinter dem Ochsengespann schreitend. Den Landrover voll fröhlicher Kinder lenkend. Ach, solche Bilder. Das kann es doch nicht gewesen sein! Was ich damals wirklich erwartet hatte, weiß ich heute nicht mehr genau. Die Vorstellungen von Farbigkeit: Das hatte sich doch nicht nur auf Waldkulissen, Sandbänke, Flussläufe, Steppengräser und Felsenriffe bezogen.

»Wie du meinst«, sagte ich.

»Albert?«

»Was ist?«

»Wenn du's lieber hättest, dass ich dich erst mal ein bisschen durch die Gegend fahre, musst du es mir sagen. Ich dachte nur, dass du vielleicht mal so ganz für dich die Fühler ausstrecken willst. Wenn ich so an mich denke. Damals am Anfang.«

»Schon gut, Simon. Bis Mittag also.« Ich war schon längst weiter. Nur hätte Simon nicht sagen dürfen, dass es ihm lieber wäre, wenn ich nicht allein zum Dorf ginge. Wo lag das Dorf eigentlich?

Ich entfernte mich immer weiter von Simon. Die Herde – Kinderspielzeug – konnte ich jetzt auch sehen, auch das kleine Strichmännchen, das René sein musste, und das Auto. Nach links erstreckte sich unterhalb des Hügels das Plateau, auf dem die Metallhäuser der Farm – Kinderspielzeug – im Karree standen. Rasmus und die Kuh im Korral konnte ich von dieser Stelle nicht sehen. Micha musste in einem der Container stecken. Joseph bereitete wahrscheinlich schon das Essen zu. Ich dachte auch für einen Moment daran, dass ich eigentlich eine Nachricht nach Hause schicken müsste, um meine gute Ankunft mitzuteilen. Aber war ich denn gut angekommen? War ich überhaupt angekommen?

Die Baumarten kamen mir zunächst bekannt vor, beim näheren Hinsehen waren sie mir aber fremd. Ich stand am Waldrand und lauschte fast gierig, doch ich vernahm weder Affengeschimpfe noch das Keckern großer Dschungelvögel. Plötzlich fielen mir die verwilderten Hunde ein. Ich ging trotzdem weiter und vernahm, als sich das Wäldchen – nein: kein Wald – schon wieder zu lichten begann, Kindergeschrei. Ich hatte die Richtung zum Dorf also gefunden. Meine Neugier war stärker als meine Scheu.

Es war nicht eigentlich eine Lichtung, sondern mehr eine Bucht im Buschland, denn jenseits des Dorfes schien sich freie Savanne zu dehnen. Erstaunen: an dieses Wort erinnere ich mich. Für den Zustand, in dem ich mich jetzt befand, war es das richtige Wort. Die rechteckigen Hütten aus Ästen und Zweigen, schilf- und palmgedeckt, die Feuerstellen, kokelnd, die Frauen mit den Säuglingen in den Tüchern am Rücken, körnerstampfend. Da waren auch ein paar festere Häuser, aus lehmverputztem Beton anscheinend. Was mich vor allem zum Staunen brachte, war die bunte Kleidung der Leute. Was ich sah, das stimmte nicht mit den Fotos überein, die Simon damals geschickt hatte. Damals: Das waren doch Hosen und Hemden und Pullover gewesen, die aus der Altkleidersammlung europäischer Städte hätten stammen können. Die ponchoartigen Hemden und die Wickelröcke, die ich nun sah, hatten entschieden mit dem naiven Afrikabild zu tun, dessen Reste ich spätestens bei der Ankunft in Kinshasa ausgewischt hatte. Aber jetzt das! Hatte da einer an der Zeit gedreht?

Hinter Zäunen aus Reisiggeflecht hoppelten Ziegen. Weiter weg am Tümpel dösten bunte Enten und fette Gänse. Zwischen den Hütten scharrten Hühner. Maniokfelder hinter dem Kokospalmenhain. Jedenfalls dachte ich, dass das nur Maniok sein könnte. Und die kleinen Kinder mit den aufgedunsenen Bäuchen, von denen Rasmus mir erzählt hatte, sah ich auch. Von sehr fern klangen Axtschläge.

Außerhalb des Dorfes, nur etwa hundert Schritte von mir entfernt, lagen die weißen Bungalows. Um die kleinen Fenster und um die Türrahmen waren Friese von starkfarbigen Ornamenten gemalt. Ockertöne, erdiges Dunkelrot, Schwarz und Strohgelb. Aus diesen Bungalows kam das Kindergeschrei und ich konnte jetzt aus dem einen Haus das rhythmische Hersagen eines Textes hören, dessen Wörter ich nicht verstand, aus dem anderen den Singsang einer monotonen Melodie, untermalt vom Rumpeln einer Trommel, aus dem am weitesten entfernten Haus schrillten gemeinsam gerufene Zahlenreihen in französischer Sprache. Und dann schrien fordernde Jungenstimmen immer wieder: »Nsaka ya nkweso!« Jubelgebrüll. Dann flogen die Türen der Schulgebäude auf und die Kinder formierten sich zielstrebig zu Spielgemeinschaften und Zuschauergruppen. Die Jungen, die einen Fußball vor sich her trieben und zum Sandplatz unter den Bäumen rannten, schrien noch immer ihr »Nsaka ya nkweso!«. Sollte das eine Pause sein, eine allgemeine Entspannungsübung, eine Sportstunde? Da war niemand, der irgendetwas organisierte, trotzdem schien das alles nach bestimmten Spielregeln abzulaufen.

Dann sah ich die Frau. Sie war so schön, dass ich erschrak. Sie stand im Türrahmen, schaute in die Sonne hinein und schritt – ja: sie schritt – langsam auf die Mitte des Schulhofes zu. Berührten ihre Füße überhaupt den Boden? Die fließende Geschmeidigkeit ihrer Bewegungen und die Grazie ihres Körpers hatten mich sprachlos gemacht. Heute kann ich denken: Ihr klares Profil, der Bogen ihres schlanken Halses, die Sinnlichkeit ihrer Brüste. Und ich weiß auch: Die stolze Anmut der Erscheinung, das geheimnisvolle Blau des Gewandes, die Lichter auf der dunkelbraunen Haut, das Geschmeide des Ohrgehänges, die Ringe am Hals und an den Armen. Aber diese Wörter beschreiben nichts, nein, sie verzerren nur dieses Bild. Damals hatte es mich sprachlos gemacht. Ja, sie war so schön, dass ich erschrak.

Hatte ich mich zu weit aus meinem Versteck zwischen den Stapeln trocknender Palmwedel gewagt? Wahrscheinlich war ich völlig unfähig gewesen, meine Reaktionen zu kontrollieren. Der entgeisterte Narr im Angesicht der Elfenkönigin. So vielleicht. Oder noch lächerlicher: nicht der Narr, sondern der Depp, doof grinsend und mit devotem Bückling. Ich trat also auf die Wiese hinaus und starrte die Frau an und sie kam mir langsam entgegen und warf die Lippen zornig auf. Aber als ich dann ohne zu überlegen den Hut vom Kopf nahm, blieb sie verwundert stehen, schaute dann, selbst plötzlich verlegen, auf ihre Hände und dann in die Baumkronen hinauf und drehte sich langsam zu den spielenden Kindern um.

In diesem Augenblick überkam mich eine Ahnung des Begreifens. Ich kann es nicht besser ausdrücken. Es war noch kein Verstehen, es war mehr eine Betroffenheit, ein dunkler Schatten, der mich zumindest streifte. Es kann leicht sein, dass solche Vergleiche zu blumig sind, angelesen irgendwie. Ihre erschreckende Schönheit: Ich muss bei diesen Wörtern bleiben. Dass sich die beiden Mädchen angeschlichen hatten, bemerkte ich erst, als sie meinen Arm berührten. Scheues, kicherndes »Mbote, Monsieur!« und auch fast dreiste Blicke: Wir wissen, wer du bist.

»Mbote, mes belles«, sagte ich unsicher. Wahrscheinlich machte ich einen so törichten Eindruck, dass ich ihre Hilfsbereitschaft herausforderte.

»Nzo-Nkanda«, sagte das ältere Mädchen und zeigte auf die Bungalows.

»L'école?«, fragte ich.

»Oui, Monsieur, l'école.« Sie zeigte auf das andere Mädchen. »Mpangi ya nkento!«

Ich breitete die Hände aus. »Ich kann nicht Kikongo. Tut mir Leid. Ich verstehe dich nicht.«

Darauf schien sie gewartet zu haben. Fast jubelnd sagte sie: »Aber wir verstehen dich. Wir können französisch sprechen. Ich habe dir gerade gesagt: Sie ist meine Schwester.« Während das kleine Mädchen eifrig nickte, holte die ältere Schwester zum nächsten Schlag aus. »Wir wissen, wer du bist, Monsieur. Du bist der Bruder von Simon!«

Das hörte sich an wie: Peng, da hast du's! Du bist enttarnt, also gib dir keine Mühe dich zu verstellen, denn wir durchschauen dich. Natürlich deutete ich solche

Empfindungen in ihre Worte und in ihr kühles Lächeln hinein, ich wusste das auch damals, aber es traf sich irgendwie mit meinem Erschrecken. Ich dachte: Die Kinder haben Gesichter wie Eulen.

»Woher weißt du das?«

»Mbuluku hat es uns gesagt!« Das Mädchen zeigte kichernd mit dem Daumen über die Schulter, und obwohl auf dem Schulhof Dutzende von Kindern und zwei Männer und eine weitere Frau liefen, war es völlig eindeutig, dass sie nur die erschreckend schöne Frau gemeint haben konnte. »Mbuluku ist meine Lehrerin.«

Andere Kinder näherten sich neugierig. Die kleinen schauten ängstlich, die größeren beinahe drohend. Verwirrt dachte ich, dass ich vielleicht Hände schütteln müsste, Bonbons verteilen, Köpfe streicheln. Oder erwarteten sie, dass ich etwas sagte? Reichlich spät, als einer der Männer einen Pfiff ausstieß und die Kinder sich von mir entfernten, ohne die Blicke von mir zu lassen, erkannte ich, was sie von mir erwarteten. Sie wollten, dass ich ihr Dorf verließe.

Die Mittagshitze schlauchte mich so, dass ich zu keuchen begann, als ich durch das Wäldchen lief. Die blutigen Kratzer, die die Dornen in meine Hände und Unterarme gerissen hatten, zogen die Fliegen an. Das Brüllen der Kuh zeigte mir die Richtung.

Als ich das offene Hügelland erreicht hatte, hörte ich tief aus dem Tal das Geschepper von Mpundas Gong. Ich hastete, so schnell ich konnte, den Hang hinunter, wusch mich im lauwarmen Wasser der Regentonne und ging in das Gemeinschaftshaus, aus dem Tellergeklapper klang.

Die anderen saßen schon am Tisch. Micha lächelte mir zu, Rasmus nickte, René schaute demonstrativ auf seine Armbanduhr. Mpunda kam mit dem Tablett gelaufen und zeigte viel Übereifer. Das galt augenscheinlich mir.

»Joseph hat dir zu Ehren eine Ente geschlachtet«, sagte Simon. »Nun setz dich schon, dass wir anfangen können! Joseph ist ein ausgezeichneter Koch.«

Joseph strahlte.

»Ich weiß«, sagte ich, »so ungefähr der beste, den's gibt.«

»Du lernst schnell«, sagte René.

Micha reichte mir eine Flasche Primus-Bier. Sie war warm. Ich fragte: »Was heißt eigentlich Mbuluku?«

Eingefrorene Gesichter plötzlich. Eisiges Schweigen. Nur das Summen des Generators war zu hören. Alle schauten ins Leere.

Dann sagte Rasmus: »Gazelle.«

Und dann taten alle, als sei nichts gewesen. Sie lobten laut das zähe Fleisch der Ente, tranken glucksend aus den Flaschen, fragten mich nach den politischen Zuständen in der Heimat aus. Mpunda brachte den Kaffee.

»Rasmus soll sich mal Alberts Moskitostiche ansehen«, sagte Simon.

Nachtwache

Die Gestaltung des Raumes, in dem Rasmus wohnte und auch seinen Medikamentenschrank stehen hatte, setzte mich in Erstaunen. An der Stirnwand hing eine Tanzmaske, die war mehr als eineinhalb Meter hoch, die Farben waren Schwarz, Weiß und Purpur, und die Augen des geschnitzten Gesichtes, das diese große Maske darstellte, schienen wie mit einem Facettenblick alles gleichzeitig zu erfassen. Die beiden Wandteppiche waren aus rotem und gelbem Bast geknüpft und zeigten die Rautenmuster, die ich auf den Tüchern und Überwürfen im Dorf gesehen hatte. Da hingen auch Waffen: ein schwertlanges Haumesser in gepunzter Lederscheide und ein zierliches Beil mit eingebrannten Mustern im Schaft. Körbchen aus gebleichtem Schilf, Schalen aus fast weißem Ton, bizarre Tiergestalten aus Ebenholz und Hanf standen im Bücherbord.

Besonders aber fesselte mich die Figur, die auf dem Arbeitstisch stand. Sie war ungefähr sechzig Zentimeter hoch und zeigte einen hockenden Mann, der wie träumend und lauschend zugleich das Gesicht mit den geschlossenen Augen nach oben hielt und die Hände parallel zueinander auf die Brust presste. Körper, Kopf und auch der helmartige Schmuck waren mit milchweißen und rostroten Punkten bemalt.

Obwohl diese Holzfigur ziemlich grob gestaltet war und mehr gehauen als geschnitzt wirkte, ging von ihr eine rätselhafte Faszination aus. Sie strahlte Ruhe und gleichzeitig auch Bedrohung aus. Ich weiß es nicht besser zu erklären.

Rasmus stand hinter mir, während ich mich im Zimmer umsah. Ich spürte seinen Blick geradezu auf der Haut. Ein prüfender Blick: Manchmal gewinnen Redensarten ja plötzlich Bedeutung.

»Es ist schön«, sagte ich, doch es drückte nicht das aus, was ich wirklich empfand. Wahrscheinlich schämte ich mich wegen dieses nichts sagenden Satzes.

Rasmus sagte: »Ich bin der Einzige von unserer Mannschaft, der in diesem Land wirklich leben könnte.« Und nach drei, vier Atemzügen: »Obwohl man es mir nicht ansieht.«

Erwartete er Widerspruch von mir? Ich glaubte ihm diese Behauptung aufs Wort! Und dass seine Haut weiß war und nicht gebräunt wie bei den drei anderen: Was sollte das schon zu bedeuten haben!

Rasmus sagte, ich solle mich ausziehen. Zögernd knöpfte ich das klamme Hemd auf und ließ dann auch die Hose fallen. Rasmus betrachtete die geröteten Stellen und strich sie sorgfältig mit Soventol-Jelly ein.

»Nicht so schlimm«, sagte er, »keine Entzündungen. Aber die Impfstellen sehen nicht gut aus. Wenn die

Schwellung bis morgen nicht weg ist, musst du zur Mission rüberfahren. Die haben einen Arzt.«

Ich zeigte auf den hockenden Mann. »Was für eine Figur ist das?«

»Das ist ein Nkoshi. Eigentlich dürfte ich ihn gar nicht haben, denn er ist den Leuten im Dorf wichtig. Aber der Mfumu hat ihn mir geliehen – damals. Es ist eine große Ehre.«

Damals? Warum sagte Rasmus das so eigenartig?

»Was ist ein Mfumu?«

»Chef des Klans. So etwas wie der Dorfälteste. Eigentlich hat der Mfumu die absolute Autorität. Ein kluger Mfumu ist ein Segen für ein Dorf, ein dummer kann tödlich sein.«

Das Wort *eigentlich* beschäftigte mich. Besaß der Mfumu dieses Dorfes die Autorität nicht oder nicht mehr? Gab es da andere Kräfte? Aber immerhin hatte er doch die Macht gehabt, Rasmus die Figur zu leihen. Damals. Solche Wörter! Eigentlich, damals ... Ich wollte Rasmus fragen, fühlte mich aber gehemmt. Zuerst musste ich mit Simon reden, ganz klar. Er würde mir dies alles in Zusammenhängen erklären. Ich zog mich wieder an. Das Hemd klebte unangenehm auf dem Hautgelee.

Rasmus ließ die Finger über den Nkoshi gleiten. »Man muss diese Punkte bei Neumond erneuern, damit die Kräfte nicht verloren gehen. Die Magie des Nkoshi ist erstaunlich. Wenn man sich in wichtigen Fragen nicht entscheiden kann, zieht man ihn zu Rate. Er gibt dann den Ausschlag.«

»Aber das ist doch …«

»Aberglaube?« Rasmus lachte leise. »Was ist Glaube, was ist Aberglaube? Solche Begriffe sind austauschbar. Was dem einen die schwarze Madonna von Tschenstochau, ist dem andern der Nkoshi. Es kommt bloß darauf an, dass man dran glaubt.«

»Und die Leute hier glauben an den Nkoshi?«

»Ich hab mich falsch ausgedrückt. Das Wort *glauben* trifft es nicht richtig. Sie benutzen ihn wie einen magischen Gebrauchsgegenstand. Und sie erfahren ja, dass er wirkt! Ich hab keine Ahnung von Parapsychologie und solchen Dingen. Aber es gibt nun mal Kräfte, die verstandesmäßig nicht erfassbar sind. Halt mich nicht für so naiv, Albert, dass ich etwa glaubte, diese Figur, dieser Fetisch besäße irgendwelche Magnetkräfte oder so. Nein, die Menschen hier sind noch imstande, zumindest manchmal solche Kräfte bei sich selbst freizulegen, die sie tief in sich selbst haben, ohne es wirklich zu wissen! Der Nkoshi, auf den sie sich dann konzentrieren, ist nur der Auslöser. Das äußere Zeichen. Viele Europäer lachen darüber. René zum Beispiel. Aber ich lache nicht und ich könnte dir geheimnisvolle Geschichten erzählen, die ich …« Er wischte das wie ein Spinngewebe weg. »Du hast Kees von der Missionsstation kennen gelernt, ja? Er ist schon lange im Land. Er lacht auch nicht darüber.«

»Obwohl er Missionar ist?«

»Gerade weil er Missionar ist.«

»Und Simon?« Die Frage war mir auf einmal sehr wichtig.

Aber Rasmus zog nur die Schulter hoch. »Vielleicht besaßen unsere Vorfahren auch noch solche Fähigkeiten. Was weiß ich! Zweites Gesicht und so. Mein Urgroßvater, der war Schäfer im Münsterland, der wusste es im Voraus, wenn jemand starb. Spökenkieker. Hast du doch sicher schon mal von gehört, ja?«

»Ja, sicher.«

»Findest du so etwas zum Lachen?«

»Nein. Aber ich glaube, dass es irgendwie was Schlimmes ist. Wie soll ich das erklären? Ich meine, das ist doch eine Belastung, wenn man ...«

Rasmus unterbrach mich beinahe ungehalten. »Du brauchst mir das nicht zu erklären. Und es kann gut sein, dass du Recht hast. Lass mich jetzt allein. Ich muss etwas schlafen, ich hab eine Nachtwache hinter mir.«

Dass er unser Gespräch so plötzlich abbrach, empfand ich fast als verletzend. Hatte ich etwas Falsches gesagt? Oder war Rasmus einfach so direkt? Und wie war der Name der Figur? Nkoshi? Ich ging zu Simons Blechhaus hinüber. Die Hitze patschte wie ein nasses Handtuch auf mein Gesicht. Simon lag auf seinem Feldbett und rauchte.

»Hallo, Kleiner! Hat Rasmus dir ein Märchenstündchen gehalten?«

Ich sagte, Rasmus habe mir kein Märchenstündchen gehalten, sondern mir ein paar spannende Informationen über die Magie der Bapelende gegeben, was ja offenbar kein anderer zu tun gedenke. Ich wisse nun zumindest, was ein Mfumu sei und ein Nkoshi.

Simon grinste nur. »Musst nicht alles für bare Münze nehmen, was Rasmus von sich gibt. Weil er sich so'n paar Klamotten kongolesischer Werkkunst an die Wand genagelt hat, hält er sich für einen großen Afrikakenner. Ob das stimmt, was er so redet, weiß der Schinder! Willst du einen Gin?«

Ich wollte keinen. Was Simon da an Spott abließ, machte mich wütend. »Was ist mit Kees?«, fragte ich. »Ist der deiner Meinung nach ein Afrikakenner? Oder hält der auch Märchenstündchen?«

»He, bist du etwa sauer?« Simon richtete sich auf und zerdrückte die Zigarettenkippe auf dem Fußboden. Sein Gekicher hörte sich angestrengt an. »Der Kees, na ja, der lebt schon ziemlich lange in Zaire. Ich hab übrigens nach Deutschland telegrafiert, dass du heil bei uns Wilden in der Brousse angekommen bist. Okay?«

»Danke. Und jetzt sag mir endlich, was hier los ist!«

»Was soll denn los sein?« Simon spielte Erstaunen. Er spielte es sehr schlecht. Simon war schon immer ein miserabler Schauspieler gewesen. »Meinst du, weil wir ein paar kleine Schwierigkeiten beim Wassersuchen haben, muss gleich was los sein? Oder hat dir einer 'nen Floh ins Ohr gesetzt?« Simon war jetzt wie elektrisiert und stand vom Bett auf. »Manche Leute quatschen ein bisschen viel.«

Ich sagte: »Ich bin nicht annähernd so bescheuert, wie ich aussehe.«

Simon ging mit aufgeregten Trippelschritten im engen Zimmer hin und her, nahm die Brille ab, wischte sie an der schmuddeligen Gardine ab, zündete eine neue Zigarette an und streckte sich wieder auf dem Bett aus. Ich setzte mich auf den Schemel und schaute Simon ins Gesicht, versuchte angestrengt, seinen Blick zu fangen, doch das schien ihn zu stören. Er schaute zur Decke hinauf, wo sich fette Spinnen bekämpften.

»Zuerst ließ es sich gut an hier«, sagte Simon. »Das hab ich dir ja damals auch geschrieben. Wir merkten, dass wir den Leuten vom Dorf willkommen waren. Denn um die geht's doch.« Plötzlich schrie Simon, kriegte Rauch in den falschen Schlund, hustete. »Verdammt, um die geht's doch! Milchkühe, Schlachtvieh auf saftigen Weiden mit gutem Wasser: Das war doch der Traum! Und das ließ sich auch gut an. Die Leute mochten uns und freuten sich, dass wir ihnen anständig bezahlte Arbeit boten. Boden umpflügen, Gräben ziehen, Gelände ausdünnen, Gatter errichten … Sie waren erwartungsvoll bei der Sache und wir konnten ihren Eifer kaum bremsen. Der Mfumu teilte die Arbeitskräfte ein. Wir gingen ins Dorf, wenn wir Lust hatten, sie kamen zu uns, wenn sie Lust hatten. Kooperation, wie sie besser nicht sein konnte. Wir konnten nach Deutschland berichten, dass unser Projekt blühe und gedeihe. Sie schickten eine Delegation und die war happy hier. Was wir brauchten, schafften sie uns rüber, wir hatten ausreichend Geld. – Ja, und dann – zack – änderte sich alles. Das ging von heute auf morgen.

Keine Arbeitskräfte mehr aus dem Dorf. Nur noch kühle Freundlichkeit. Auf einmal wollten sie nichts mehr mit uns zu tun haben.«

»Aber was war denn passiert?«

Simon schüttete sich wieder einen Gin ein. Der Gedanke an warmen Schnaps drehte mir fast den Magen um. Simon trank im Liegen. Das Gesöff lief ihm übers Kinn in den Hemdkragen hinein. Er merkte es nicht oder es störte ihn nicht. Eine der Spinnen an der Decke hatte den Kampf aufgegeben und kugelte sich ein, doch gerade das schien ihr zum Verhängnis zu werden, denn zwei andere attackierten sie jetzt gleichzeitig.

Wie gelangweilt redete Simon weiter. Als die Regenzeit begann, rissen ihnen die Wolkenbrüche die frisch grünenden Weidenflächen auf, Erdbrüche zerstörten die Bewässerungssysteme, die Grasmischungen gelangen nicht so, wie sie sich das vorgestellt hatten, die Tiere litten unter der schwülen Feuchtigkeit. Mutlosigkeit stellte sich ein, die dann in Resignation und Gleichgültigkeit umschlug. »Wir machen unsere Arbeit wie Sisyphus. Und in genau vier Monaten fällt die Entscheidung, ob unser Projekt gelungen ist oder ob wir das alles hier vergessen können.« Simon holte mit dem Glas zum Rundumschlag aus. »Schöne Scheiße, was? Und du hast gedacht, du kommst ins Paradies. Hab ich Recht? Tut mir Leid für dich, Brüderchen, aber vielleicht seh ich das alles auch schwärzer, als es in Wirklichkeit ist. Kann sein, wir kriegen noch den Dreh. Vor allem auf Micha kommt es jetzt an. Du willst nichts trinken, nein?«

»Nein. Erzähl weiter! Was geschah, als die Leute aus dem Dorf nicht mehr mitmachten?«

Durch Vermittlung der Missionare konnten sie vier Männer aus der Gegend von Matardi anwerben, doch schon nach der ersten Nacht verschwanden drei von ihnen fast fluchtartig und nur Mpunda war geblieben. »Er ist in Ordnung«, sagte Simon, »aber er muss aufpassen. Er ist ein Bayaka und die Leute im Dorf sind Bapelende.«

»Was bedeutet das?«

»Kannst du dir vorstellen, wie sich ein Fan von Bayern München unter den Schlachtenbummlern von Schalke 04 fühlt? So ungefähr.«

»Konntet ihr denn keine Bapelende aus anderen Dörfern als Hilfskräfte anheuern?« Ich hatte die ganze Zeit das Gefühl, dass Simon genau wusste, warum es zu dem plötzlichen Bruch mit den Leuten aus dem Dorf gekommen war, sich aber eher die Zunge abbeißen würde, als mir den Grund zu sagen. Ob auch René und Micha und Rasmus diesen Grund wussten? »Zu allen Bapelende rings um Kenge war der Draht gerissen. Wortreiche Absagen, freundlich, aber entschieden. Es war, als ob sich alle gegen dieses Projekt verschworen hätten, obwohl es doch zu ihrem Besten gedacht ist. So etwas von hirnverbrannt!«

»Warum hat der Mfumu seine Autorität verloren?«, fragte ich unvermittelt.

Simons Gesicht wurde hart. »Wer hat dir davon erzählt? Rasmus doch wohl!«

»Ja, Rasmus. Aber er hat mir den Grund nicht gesagt.«

Simon schien erleichtert. »Den weiß er auch nicht. Den weiß keiner von uns. Wir können da bloß rumraten. Meine Theorie ist, dass es mit dem Auftauchen von Gérard zu tun hat. Nennt sich übrigens Mbwa ya nseke. Das heißt Schakal. Aber frag mich nicht, wieso er sich so nennt. Ich weiß es nämlich nicht. Er kam vor einigen Wochen und scheint im Dorf das große Wort zu führen.«

»Und wer ist er? Ich meine ...«

»Er ist der Sohn des Mfumu. Hat in Kinshasa am Lovanium studiert. Europaerfahrung hat er übrigens auch, wie es heißt. Jetzt ist er also zurückgekommen in die Brousse und arbeitet als Lehrer.«

Ich weiß, dass mir in diesem Augenblick das Schlucken schwer wurde. Mbuluku: die Gazelle! Die unsagbar schöne Frau. Und der Schakal arbeitete auch an der Buschschule. Ich hatte den brennenden Wunsch diesen Gérard kennen zu lernen. Den Namen Mbwa ya nseke brannte ich mir sozusagen ins Hirn ein. Ich konnte es einfach nicht verstehen, dass Simon und die andern sich mit Mutmaßungen abfanden und nicht ergründen wollten, warum die Bapelende aus dem Dorf sie so kalt behandelten. Oder machte Simon mir etwas vor? Wussten er und seine Kollegen vielleicht ganz genau, welches Spiel hier gespielt wurde?

»Jemand arbeitet mit ziemlich miesen Tricks«, sagte Simon und ließ es offen, ob er damit Gérard meinte. »Dass man von Kuhmilch kotzen muss, das wissen die

Leute nun haargenau. Begreifst du, was das für unser Projekt bedeutet?«

»Aber das ist doch Unsinn!« Ich hatte Simons Arm gefasst und schüttelte ihn wie verrückt, weil es mich ärgerte, dass Simon so albern lachte.

»Unsinn? Junge, sie haben heimlich die Kuh gemolken und ...«

»Wieso *die* Kuh? Ihr habt doch eine ganze Herde!«

»Nur eine richtige Milchkuh, Albert. Rasmus hält das Viech auf einer besonderen Weide. Die anderen sind noch keine richtigen Kühe, sind eigentlich erst Färsen. Erst wenn die gekalbt haben, dann sind sie richtige Kühe und geben Milch. Und die eine wirkliche Milchkuh, die wir haben, die ist natürlich auch trächtig hierher geschafft worden. Trächtig, trächtig, trächtig! Weißt du, was du mit der Milch einer Kuh kurz vorm Kalben machen kannst? Damit kannst du den Parkettfußboden polieren, dass er wie 'ne Speckschwarte glänzt. Damit kannst du dir die Schuhe einschmieren oder so. Bloß trinken kannst du sie nicht, weil sie so verdammt fettig ist. Und der Sportsfreund, der unsere Kuh heimlich gemolken hat, der kennt sich in solchen Sachen offenbar aus. Hat den Leuten das ungenießbare Zeug zu trinken gegeben und die haben sich dann die Seele aus dem Leib gekotzt. Kannst du dir vorstellen, wie die jetzt über Kuhmilch denken? Kannst du dir jetzt auch einen Reim darauf machen, dass eines Morgens der Weidezaun niedergerissen war und wir Stunden brauchten, um unser Vieh in den Wäldern wiederzufinden? Kapierst du nun, dass wir Nachtwache schieben bei der Weide? Und das zermürbt, sag ich dir, dass du unentwegt mit dem gleichen Kopf gegen die gleiche Wand rennen musst, um den Leuten klarzumachen, dass du diese ganze Maloche nur für sie machst! Eine hirnverbrannte Situation. Schizophren. Ich komm mir langsam vor wie im Kasperletheater, bloß kann ich leider nicht lachen!« Simon hatte sich in Rage geredet. Er trank gierig und rülpste dann.

»Wenn ihr's im Moment mit den Dorfleuten und dem Mfumu nicht könnt: Warum lasst ihr nicht einen anderen vermitteln? So ein Missverständnis muss doch aus der Welt zu schaffen sein. Da fasst man sich doch an den Kopf!«

Simon lächelte amüsiert. »Und an wen hattest du da ungefähr gedacht, du großer Vermittlungsexperte? Doch nicht etwa an dich?«

Mir schoss das Blut in den Kopf. »An wen! An wen! Einer von der Missionsstation könnte das machen. Kees zum Beispiel.«

»Du weißt nicht, was du da sagst.«

Nein, wahrscheinlich wusste ich das nicht. Hier schien überhaupt niemand etwas zu wissen. Alle ergingen sich in spannenden Andeutungen, aber wenn es konkret wurde, verdrehten sie nur vielsagend die Augen und schwiegen vor sich hin. Die Spinne, die sich eingerollt hatte, fiel von der Decke. Anscheinend war sie tot. Simon hörte auf zu rauchen, hörte auf zu trinken, rieb sich mit einem Handtuch Gesicht und Schultern ab und zog ein anderes Hemd an. Er schaute auf die Armbanduhr. Sein Blick sagte: Zeit zum Weiterarbeiten. Ich verstand das alles nicht.

»Unser Projekt ist mit der Staatsregierung von Zaire und mit der Provinzialregierung von Kenge abgestimmt. René brauchte also bloß den Schimmel zu satteln und ins zuständige Ministerium zu reiten und dann kämen sie mit Panzern und Kanonen zu uns raus, um das Gelingen unseres Projektes mit Waffengewalt durchzusetzen. Die warten nur darauf, mal wieder den starken Mann zu markieren hier in der Brousse. Aber weißt du, was es bedeuten würde, wenn die Soldaten aus Kinshasa gegen die Bapelende aufmarschieren? Ich sag es dir! Krieg würde das bedeuten, Krieg! Und jetzt überleg mal, was das politisch für einen Wirbel machen würde. Unsere Entwicklungshilfe löst kriegerische Auseinandersetzungen aus, richtet sich gegen die Not leidende Bevölkerung und so. Das Liedchen brauch ich dir doch wohl nicht vorzusingen, oder?«

Nein, das brauchte er nicht. Ich fing an zu verstehen. Wenn auch nur in Ansätzen und ohne die wirklichen Hintergründe zu begreifen. Manches ahnte ich mehr, als dass ich es durchschaute.

Simon sagte: »Am Ngwari-See, ungefähr vier Kilometer von hier, haben wir ein günstiges Gelände mit gutem Boden und problemloser Bewässerung gefunden. Eindeutig könnte das der endgültige Platz für die Musterfarm sein, da sind wir vier uns einig. Bloß stellen die Bapelende sich taub. Diese Gegend sei tabu. Peng.

Aus. Keine weitere Diskussion. Theoretisch könnten wir über den Landstreifen verfügen, wir brauchten nur eine Garnison Soldaten anzufordern. Also vergessen wir's. Ist jetzt alles klar?«

Nichts war klar. Ich sagte: »Dass es hier einen See gibt! Auf der Landkarte habe ich nichts davon gesehen. Ist es ein großer See?«

Simons Handbewegung sagte alles über den Wert der Landkarten. »Der Ngwari-See hat etwa zwei Kilometer Durchmesser. Vulkangewässer wie die Maare in der Eifel.« Mit veränderter Stimme und fast nachdenklich fügte er hinzu, während er mich mit nach draußen zog in die niederdrückende Hitze: »Ngwari heißt Rebhuhn. Ist ein sehr schöner See. Komm mit rüber zum Kaffee. Mpundas Kaffee lässt sich sogar trinken.«

Sie saßen schon um den niedrigen Tisch. Micha fummelte nervös auf seinem Bürstenhaar herum und schilderte Rasmus offenbar eifrig den Stand seiner Laborexperimente. René, der Robbenmensch, besprach mit Joseph die Futtermischung für die Tiere. Mich überraschten Eifer und Ernsthaftigkeit der Männer. Das stand doch so augenfällig im Gegensatz zu ihren Phasen der Lustlosigkeit und der Müdigkeit. Ja, das Bild des sagenhaften Königs Sisyphus, der den Stein auf den Berg hinaufwuchten musste, obwohl er wusste, dass der immer wieder hinunterrollen würde. Doch unentwegt tat Sisyphus seine zwecklose Arbeit, in der er doch trotz allem Zwang einen Sinn zu sehen schien. Mir fiel auch der Satz des Dichters Albert Camus ein, dessen Bücher ich vor Jahren zu lesen begonnen hatte: »Wir müssen uns Sisyphus als einen glücklichen Menschen vorstellen.« Ich verstand das auch jetzt nicht, aber ich ahnte etwas davon. Nur: Glücklich waren diese Männer nicht.

Wir schlürften den schwarzen Kaffee aus Emailbechern und knabberten an knochenharten Biskuits. Der Ventilator bewirkte nichts. Es berührte mich seltsam, mit diesen fünf Männern in diesem Raum zusammen zu sein: Pionierhaftes, Kühnes glaubte ich zu spüren und ich gaukelte mir die Gerüche von Schweiß und Leder vor. Und ich dabei. Wir. Ich träumte noch immer an meinen Träumen herum.

»Joseph und ich fahren zur Weide. Willst du mit?«

Ich merkte nicht sofort, dass René mich gemeint hatte. Klar, ich wollte mit. Wir trugen Plastiksäcke aus der Scheune zum Unimog. Ich genoss es geradezu, schwere Lasten zu schleppen. René erklärte mir, dass die Bestände an Zusatzfutter, Mineralienmischungen und Lecksalzen knapp geworden seien und dass er eigentlich stündlich auf den Sattelschlepper aus Kenge warte.

»Die Lieferungen kommen als Schiffsfracht über den Teich«, sagte René. »Die Luftfracht ist unseren Brötchengebern inzwischen zu teuer. Sie werden nervös, weil unser Bedarf nicht abnimmt. Die hatten sich das einfacher vorgestellt. Wir wahrscheinlich auch. Aber Rasmus besteht darauf, dass wir das Zeug zufüttern. Er sagt, sonst kriegten wir die Tiere nicht durch. Und jetzt warte ich verdammt auf Nachschub. Bloß haben's die Brüder hier nicht so eilig. Kann sein, die Lieferung ist noch nicht mal den Kongo hoch geschafft bis Kinshasa. Und wenn sie in Kinshasa erst mal in 'nem Lagerschuppen verschwindet, kann es wieder eine Ewigkeit dauern, bis sie das Zeug die Wamba hoch schicken. Ich seh schon, ich muss mich mal wieder selber kümmern.«

»Fertig«, sagte Joseph, »wir können fahren.«

Joseph war ein guter Fahrer. Er drosch den Unimog nicht einfach über die Bodenwellen den Hügel hinauf, sondern nahm in Serpentinen die Steigung, wobei er die Formationen der Landschaft geschickt ausnützte. Ich saß eingequetscht zwischen ihm und René und passte auf, dass ich nicht mit dem Kopf gegen den Überrollbügel schlug. Wir fuhren am Wald entlang, hinter dem das Dorf lag. Ich schaute unwillkürlich in die Richtung. René sah das, aber er sagte nichts. Wir querten einen Bach mit kniehohem Wasser. Am Gegenhang drehten die Räder durch. Joseph musste eine neue Spur suchen.

René zeigte auf die frischen Erdbrüche. »Guck dir das an! So verändert der Regen über Nacht die ganze Gegend. Nach der Regenzeit ist dieser Bach nicht zu sehen. Aber auch die Grundwasserströme fließen hier völlig unregelmäßig. Simon hat große Schwierigkeiten stabile unterirdische Wasserläufe für die Brunnenbohrungen zu finden. Eine Scheiße ist das!«

Mit dem schweren Wagen mussten wir einen Umweg fahren. Wir kamen an Baumgiganten vorbei, unter deren Geäst es fast nachtdunkel war. Dies seien aber nur kleine Affenbrotbäume, erklärte René, die wirklich gewaltigen gäb's näher zum Äquator, wo der Dschungel beginne. Dann erreichten wir die Ebene und ich sah die Tiere.

Die Färsen standen auf der Gegenseite der fußballplatzgroßen Weide unter tief hängenden Akazienzweigen und äugten zu uns herüber, aber sie bewegten sich nicht. Die Euter, in die noch keine Milch eingeschossen war, wirkten lächerlich unter den dicken Bäuchen. Bei den Trögen luden wir die Säcke ab. René prüfte das Wasser.

»Da kriegt ihr aber 'ne Menge Arbeit, wenn ihr die demnächst melken müsst«, sagte ich, »und ihr müsst die doch auch mit der Hand melken, oder?«

»Man hat uns eine Melkmaschine auf Batteriebasis in Aussicht gestellt, wenn das mit dem Kalben klappt. Warten wir's erst mal ab. Ich fürchte, die Hübschen werden so ziemlich zur gleichen Zeit werfen. Da kriegen Rasmus und ich was zu tun, na! Wir wollen einen der Containerwagen nach hier schaffen, damit wir Tag und Nacht zur Stelle sind. Junge, ich wollt, wir hätten's schon hinter uns. Bei Kühen, die erst mal welche werden wollen, gibt es verflucht oft Komplikationen. Beim ersten Mal stellen sich auch die Kühe blöd an.« René lachte, doch es klang nicht sehr fröhlich. »Wenn die Kälber entwöhnt sind, müssen wir uns wohl erst mal nach einem Abnehmer für die Milch umsehen. Ich hoffe auf die Leute von der Mission.«

Joseph hatte mit dem Mischen begonnen. Er sagte: »Vielleicht überlegen es sich die Bapelende noch einmal. Lasst den Mfumu ein Glas Milch probieren, wenn es soweit ist, und tut viel Whisky rein.« Joseph amüsierte sich anscheinend königlich bei diesem Gedanken. »Wetten, dass die Milch dann groß in Mode kommt?«

»Du kennst die Geschichte mit Tante Else?«, fragte René mich.

Ich schaute ihn verständnislos an.

»Tante Else, das ist die Milchkuh, die Rasmus in Quarantäne hat. Du weißt, ja? Und die Story, dass der einer Milch abgezapft hat, kennst du inzwischen auch, oder?«

»Tante Else!« Ich musste lachen. »Ja, ich kenn die Geschichte.«

»Nur dass es keine lustige Geschichte ist. Eine trächtige Kuh zu melken! Aber damit hat der Arsch es geschafft, dass die Dorfleute sich vor Kuhmilch ekeln und wir jetzt wie die Deppen dastehen. Schöne Entwicklungshilfe! Wen ich mit Arsch meine, weißt du?«

»Den Gérard?«

»Genau den.«

»Komisch, dass der sich ausgerechnet Schakal nennt.«

»Gar nicht komisch. Du musst die europäischen Vorurteile weglassen. Bei den Bantus gilt der Schakal als mutig, stark und vor allem listenreich. Lass dir das mal von Rasmus erklären, der weiß besser Bescheid. Mbwa ya nseke.« René ließ den Namen scheinbar genüsslich auf der Zunge zergehen, während sein Blick sich verfinsterte. »Hat Simon dir von ihm erzählt?«

»Hat er.«

»Was hat er dir denn sonst noch so gesagt?«

Ich wusste genau, ich hätte René jetzt fragen müssen: Was meinst du damit? Was soll diese Frage? Was bedeutet diese Anspielung? Ich hätte sagen müssen: Bitte, jetzt raus mit der Sprache! Lass mich jetzt endlich wissen, was da so geheimnisvoll ist, dass keiner es mir verraten will! Aber ich schüttelte nur den Kopf und schlenderte zu Mpunda, um ihm den Plastiksack aufzuhalten, aus dem er mit einer Kelle rötliches Salz in die Futtertröge schaufelte. René folgte mir schweigend.

Die Färsen bewegten sich noch immer nicht vom Fleck, sondern schlugen nur rhythmisch mit den Schwänzen nach den Moskitos. Überall auf den Kothaufen saßen weiße Schmetterlinge.

»Als Unterstand gegen Sonne und Regen sind die Akazien gut«, sagte René, »aber später müssen wir uns was ausdenken, die Fruchtschoten können nämlich giftig sein. Wir müssen einen richtigen Unterstand bauen. Wenn ich nur wüsste, woher ich die Arbeitskräfte nehmen soll! Das kriegt man doch nicht in den Kopf, dass die Leute hier sich weigern Geld zu verdienen. Vielleicht kommt ja auch alles ganz anders.«

Wieder so ein Signal, doch ich reagierte nicht. Mein Kopf war wie zugekleistert. »Die Kongofrancs sind doch nichts wert«, sagte ich, verriet aber nicht, dass Simon mir das geschrieben hatte.

René schaute mich verblüfft an. »Woher willst du das denn wissen?« Dann wie beiläufig: »Wir könnten ja auch in Naturalien bezahlen. So ist es ja nicht. Heh, geh sparsam mit unseren Vorräten um, Joseph!«

Wir liefen dann weiter zu dem Pferch, der im Süden von der Weide abgetrennt war. Der junge Stier hatte uns schon von weitem kommen sehen und trottete uns eilig entgegen. Zutraulich streckte er den Kopf durch die Zaunlatten und hielt uns die Stirnlocken zum Kraulen hin. Mit rauer Zunge leckte er mir die Arme entlang, dass es wie verrückt kitzelte. In den schönen großen Augen spiegelten sich Wolken. Seine Hörner waren erst drei Zentimeter lang. Warum mich der Anblick des kleinen Bullen traurig machte, wusste ich nicht zu erklären.

»Rasmus muss sich das unbedingt ansehen.« René zeigte auf den Hodensack des Stiers, der mit hellroten Pickeln übersät war. Die Fliegenschwärme ließen sich kaum von der entzündeten Haut vertreiben. »Mir gefällt das nicht. Dabei ist Herkules doch unser Hoffnungsträger.« René hielt die offene Hand jetzt über die feuchten Nasenlöcher des Bullen. »Los, sag, dass du unser Hoffnungsträger bist! Brüll mal ganz laut, los!«

Aber der Hoffnungsträger Herkules brüllte nicht, sondern nuckelte an Renés Fingern. Joseph versorgte auch seinen Trog. Ich zog mit den Fingerspitzen tote Insekten aus dem Wasserkübel. Dann umrundeten wir die Weide und prüften die Pflöcke und die Zaunlatten. Die Färsen hatten inzwischen ihre Köpfe in die Tröge gesenkt und schnupperten zögernd.

Dass ich auch die Nacht bei der Weide verbringen würde, konnte ich natürlich noch nicht ahnen. Wir waren zurückgefahren, ich hatte Micha beim Mikroskopieren zugeschaut, hatte von Simon, der den Bohrwagen aus Kenge für den übernächsten Tag vergeblich zu ordern versuchte, gelernt, wie man das Sprechfunkgerät bedient, hatte mit Joseph Kikongo-Vokabeln geübt und nur behalten, dass das Schlafzimmer Lweka ya nzo ya kulala heißt. Doch genau das war für diese Nacht für mich bedeutungslos.

Wir aßen Saka-Saka und Dosenfleisch, tranken Primus-Bier und Zitronensaft. Micha gab sich Mühe, mit dem Peilgerät die Deutsche Welle einigermaßen verständlich einzustellen, doch an diesem Abend schienen die atmosphärischen Störungen zu stark zu sein. Rasmus feilte sich die Fingernägel. Joseph und René spielten Siebzehnundvier.

»Ich geh jetzt«, sagte Simon und nahm das Gewehr aus der Ecke.

»Kann ich mit dir gehen?« Der Wunsch war mir ganz plötzlich gekommen.

»Geh du schön schlafen, Kleiner!«, sagte Simon und tat belustigt.

Rasmus legte die Nagelfeile hin. »Ich finde Alberts Idee prima. So eine Regennacht in der Brousse: Das muss man doch erlebt haben. Da hat er später was zu erzählen. Was meint ihr?« Rasmus schaute gespannt erst Micha und dann René an. Joseph schien mit der Sache nichts zu tun zu haben. Rasmus lächelte dünn, als beide nickten.

»Albert soll sich ausruhen!«, protestierte Simon.

»Ich bin nicht müde«, log ich.

»Da hörst du's«, sagte Micha. Irgendwie klang es schadenfroh. »Außerdem bist du dann nicht so allein. Ich würd mich freuen, wenn mir einer so ein Angebot machte.«

Warum grinsten die nur so?

»Na schön«, sagte Simon leise, »Albert muss es ja selbst wissen.«

Wir nahmen uns Südwester und Regencapes vom Wandregal und zogen Gummistiefel an. Simon goss noch Benzin nach, bevor wir mit dem Landrover losfuhren. Die Dämmerung fiel aus den Palmenwipfeln. Tintenwolken überspannten das weite Land. Nur wenige Sterne waren zu sehen. Es lag zweifellos an Simons Fahrweise, dass der Motor so zornig röhrte. Ich konnte es einfach nicht verstehen, dass mein Bruder erst auf den Druck der anderen hin bereit gewesen war mich mitzunehmen zur Nachtwache. War dies denn nicht eine gute Möglichkeit einander näher zu kommen nach der langen Zeit der Entfremdung? Zum Teufel, er hatte mich doch eingeladen nach Kimbao!

Die weißen Arme der Scheinwerferstrahlen tasteten sich durch Buschwerk und Gesträuch. Laufvögel huschten vor uns über die Graspiste, manchmal musste Simon scharf bremsen, wenn träge Echsen sich nicht von der Stelle bewegten. Wir redeten nicht miteinander. Den Weidezaun erreichten wir nach wenigen Minuten. Die Tiere unter den Akazien waren nur noch schemenhaft zu erkennen. Die stickige Luft schmeckte schon nach Regen. Wir setzten uns ins Gras und schwiegen uns an. Zikaden schrillten im Röhricht.

»Ich mach mal einen Kontrollgang«, sagte Simon plötzlich. »Weißt du, wie man mit einem Gewehr umgeht?«

»Ich schieße nicht«, sagte ich.

»Hab dich nicht so. Du sollst auch nicht schießen. Wenn sich irgendetwas Auffälliges am Weidezaun tut, musst du einen Warnschuss in die Luft abgeben. Das hat mit Schießen nichts zu tun.«

Simon zeigte mir im Schein der Taschenlampe, wie ich das Gewehr entsichern musste und wie ich es beim Feuern zu halten hätte. Ich wollte widersprechen, wollte ihn auch bitten mich nicht allein zu lassen in dieser fremden Umgebung und mir nicht die Entscheidung darüber aufzubürden, ob etwas auffällig sei oder nicht. Aber seine Unruhe übertrug sich auf mich. Ich ließ mit mir geschehen, was er für mich entschied. Immer wieder schaute er auf das Leuchtzifferblatt seiner Uhr. Er schob mich auf den Fahrersitz des Landrovers, wies mir die Richtungen, in die ich vor allem schauen sollte.

»Und schlaf nicht ein!«

»Aber Simon! Du kommst doch schnell wieder?«

»Klar! Aber falls ich vom Regen überrascht werde … Halt die Ohren steif! Bis nachher also.« Er packte sein Regenzeug und verschwand so schnell, als hätte ihn die Dunkelheit verschluckt.

Nach drei, vier scharfen Windstößen setzte der Regen

ein. Ich empfand die Kühlung wie eine Wohltat, aber als mein Gesicht klatschnass war, schloss ich das Fenster. Wie sollte ich durch die blinden Scheiben nur erkennen, ob etwas Auffälliges geschah! Hin und wieder stellte ich die Scheibenwischer an und rieb mit dem Ärmel den Atembeschlag vom Glas. Das Gewehr machte mir mehr Angst als die Dunkelheit. Ich gab mir verrückte Mühe mich in die Rolle des jungen Stiers da draußen in diesem wahnsinnigen Regen zu versetzen. Sinnlos. Ich dachte: Geschieht dies alles wirklich? Die Grenzen zwischen Traum und Wirklichkeit verlaufen unscharf in einer solchen Nacht.

Ich saß stundenlang und hörte dem Regen zu. Simon kam erst zurück, als der Morgen graute. Da ließ auch der Regen nach. Heute weiß ich, dass ich meinen Bruder nicht eher zurückerwartet hatte.

Die Schlange

Die anderen schliefen noch, als wir das Camp erreichten. Im Frühlicht sahen die Containerhäuser noch trostloser aus als sonst. Simon stellte den Wagen an der Scheunenwand ab.

»Wir nehmen noch 'ne Mütze Schlaf«, sagte er. »Ich hau mich in der Scheune hin, okay? Nimm du mein Bett.«

Ich ging zu Simons Blechbude hinüber und zog die Schuhe aus. Als ich das Moskitonetz zurückschlug, sah ich die Schlange. Sie hatte zusammengerollt zwischen den Laken gelegen. Ich war mit meinem Gesicht nur einen halben Meter von ihr entfernt. Mein plötzliches Erscheinen hatte sie aufgeweckt. Jetzt hatte sie den Kopf hochgestellt und zischte unter kaum wahrnehmbaren Vibrationen, als stände sie unter Strom. Dass ich einen Schrei ausgestoßen hatte, erfuhr ich erst später.

Ich wusste, dass ich mich nicht bewegen durfte, klar, aber ich konnte mich sowieso nicht bewegen. Starr vor Schrecken, erfroren vor Angst: Solche Worte hatten mit einem Mal Bedeutung. Ich konnte nicht denken, weil mein Kopf angefüllt war von dem Wort *Gefahr*. Dennoch registrierte ich die Bilder, die Geräusche, die Gefühle. Seltsam war, dass die Haut brannte. Der wirkliche Schmerz aber war im Magen und in den Atmungsorganen. Ob Schlangen Angst wittern? Wittern Reptilien überhaupt? Was für Kräfte sind das, die ihnen diese verdammte, lähmende Macht geben? Der geblähte Hals. Der helle Fauchton. Die züngelnde Zunge. Weil ich so gekrümmt und verkrampft über das Bett gebeugt war, wurden die Gelenke taub. Trotz der Morgenkühle war ich schweißnass.

Das Schuppenkleid war blaugrau. Um Kehle und Hals lief ein feiner schwarzer Streifen. Es war eine entsetzlich schöne Schlange und sie war beinahe zwei Meter lang. Am schlimmsten waren die Augen. Ich registrierte das alles. Jedes Zeitgefühl fehlte. Waren dies Stunden oder Sekunden?

»Nioka!«, flüsterte eine Stimme hinter mir. »Eine Schlange!« Es war Josephs Stimme. »Beweg dich nicht, hörst du?«

Ich nickte. Ich wusste, dass ich mich nicht bewegen durfte, und nickte! Nein, ich konnte das nicht steuern. Die Bewegung meines Kopfes brachte den Körper der Schlange zum Pendeln. Das Tier platzte fast vor Spannung.

Es ging dann gedankenschnell. Etwas flog an meiner Schulter vorbei und breitete sich wie ein Segel vor der Schlange aus. Blau. Ich registrierte Blau. Es war ein Badetuch. Joseph hatte es geworfen. Das Tier umwand das Tuch in blitzschnellen Zuckungen und schien sich im Stoff zu verbeißen. Joseph hatte mich an den Haaren zurückgerissen, dass ich schwer auf den Boden krachte. Dann war Rasmus mit diesem Haumesser da, das lang war wie ein Schwert. Er schlug zu. Wieder und wieder. Dann hörte dieses Knäuel aus Schlange und Badetuch auf zu zucken.

»Sie ist tot.« Rasmus rang nach Atem. »Eine Spuckschlange.«

»Ist sie ... War sie ...« Ich fand die richtigen Wörter nicht.

»Sie war verdammt giftig«, sagte Rasmus. »Du hast unverschämtes Glück gehabt, Albert. Spuckschlangen spucken ihr Gift, bevor sie mit den Zähnen zuschlagen. Wirklich, unverschämtes Glück!«

Erst jetzt bemerkte ich, dass auch Simon und René inzwischen im Raum standen. Micha war nicht zu sehen. Joseph raffte wortlos das Bettlaken zusammen und trug die tote Schlange hinaus. Und erst jetzt begriff ich das alles, was geschehen war, fing wie verrückt an zu zittern und wurde dann von einem Lachkrampf geschüttelt.

Simon schlug mir zweimal, dreimal ins Gesicht und fasste dann meinen Kopf mit seinen Händen, drückte ihn fest an seine Brust und flüsterte: »Ist ja schon gut, ist ja schon gut!«

Nur allmählich wurde ich ruhiger. Ich schämte mich.

»Speischlange«, sagte René, »Schwarzhalsige Speischlange. Solche Viecher sind gefährlich wie Mambas. Was das nur zu bedeuten hat!«

Brechreiz würgte mich. Simon führte mich nach draußen. Mit seltsamer Überschärfe nahm ich alles wahr: das Summen des Generators, die Spiegelungen in den Wasserpfützen, die Vogelrufe, den Geruch der dampfenden Steppe, den Lehm an meinen Strümpfen. Dann kotzte ich mir die Angst aus dem Körper.

René hatte gesagt: Was das nur zu bedeuten hat! Ja, was hatte das zu bedeuten? Hatte das überhaupt etwas zu bedeuten? Wieso sollte nicht eine Schlange in Simons Zimmer kriechen und sich auf sein Bett legen? Hatte man denn nicht davon gelesen, dass Giftschlangen in die Häuser krochen und sich in die weichen Betten legten? So etwas gab es doch. Und in Afrika sollen ja einige Giftschlangen zu Hause sein, oder? Musste das also etwas zu bedeuten haben? Aber ich dachte auch daran, dass die Containerhäuser aufgebockt waren und dass Stufen zu den Türen führten. Verirrte sich wirklich zufällig eine Schlange in solch ein Blechhaus?

Dass ich in Simons Bett schlafen wollte, konnte keiner wissen.

Dann saßen wir beim viel zu frühen Frühstück beisammen. Micha mit dem tiefen Schlaf ließ sich die Szene wieder und wieder erzählen. Rasmus reichte seinen Säbel rum und war noch immer in der Unterhose. Simon sprach wenig, er war sehr blass. Joseph schwadronierte von schrecklichen Erlebnissen mit Schlangen und öffnete eine neue Salzfleischdose, weil das Fleisch vom Vortag verdorben war. Der Kühlschrank taugte wirklich nicht viel.

Später, als sie über die anstehende Tagesarbeit gesprochen hatten, beschlossen sie, nach dem aufregenden Morgen einen Abendtrip nach Kenge deux zu unternehmen. Außer Simon waren alle dafür.

»Ich bleib hier und halte Stallwache«, sagte Simon.

Rasmus schaute angestrengt in seinen Milchkaffeebecher, als gäbe es nichts Erstaunlicheres als Milchkaffee. »Genau das solltest du nicht tun, Simon. Ich bleib hier. Wahrscheinlich sind wir alle der Meinung, dass es besser ist, wenn du mitfährst nach Kenge deux. Mach dir mal 'nen netten Abend. Ist gut für dich.«

Schweigen lastete im Raum. Ja: lastete!

Das Grollen eines schweren Fahrzeugs kam näher. Bis auf Simon, der fahrig eine neue Zigarette anzündete, hoben alle lauschend die Köpfe. Mpunda feixte fröhlich.

»Endlich!«, stöhnte René erleichtert. »Unser Nachschub kommt!«

»Ich hatte schon nicht mehr damit gerechnet«, sagte Micha. »Ich dachte schon, die lieben Brüder in der Heimat wollten uns austrocknen. Na, da können die Tiere ja in die Hände klatschen.«

Der Motor brüllte auf im Zwischengas. Dann spielte eine Mehrklanghupe drei Takte Beethoven. Die Männer standen vom Tisch auf und gingen hinaus. Dass da schon so früh am Morgen ein Lastwagen kam! Ich tunkte ein Stück Brot in die Streichfettpackung und lief hinter den anderen her. Der Fahrer, ein Schwarzer mit einem Sonnenschutz auf der Stirn, zelebrierte gerade mit René das große Händeschütteln. Dann erzählte Joseph dem Mann die Sache mit der Schlange. Das Wort Nioka sagte er wieder und wieder mit blitzenden Augen. Er war ganz klar der Held in dieser Geschichte und mir fiel ein, dass ich mich nicht einmal bei ihm bedankt hatte. Bei Rasmus auch nicht. Simon schimpfte am Sprechfunkgerät, weil er dringend den Bohrwagen brauchte. Micha und Rasmus fuhren mit ihren Utensilien zur Weide hinaus. Ich half Joseph und René beim Abladen. Der Fahrer rührte keinen Finger.

Später blieb ich allein im Camp. Einer müsse »zu Hause« sein. Wegen des Funkgeräts und überhaupt – nach allem. Ich glaube, ich genoss es, ganz allein zu sein im Areal dieser Blechhäuser. Als es heißer wurde, ging ich in den lang gestreckten Holzbau der Scheune, legte mich auf eine Plastikplane und hörte dem Knistern der Palmwedel in der Dachbedeckung zu. Da huschten auch irgendwo kleine Tiere. Ich war überwach von der Müdigkeit und von der Aufregung. Den Kopf der Speischlange glaubte ich noch immer vor meinem Gesicht zu sehen. Die Augen, deren Blick nicht zu fixieren war. Der Schädel, der wie ein Geschoss gewirkt hatte. Das elektrische Zittern in der Zunge, dessen Geschwindigkeit ich nicht mehr denken konnte. Aber ich musste das alles unbedingt noch einmal denken, in allen Phasen, langsam, Bild für Bild. Erst allmählich wusste ich wirklich, was geschehen war. Da wurden meine Handflächen noch einmal nass.

Dann ging ich in Simons Behausung. Mir wurde klar,

dass wir noch nicht einmal vereinbart hatten, wo ich während des Aufenthalts hier wohnen würde. Nimm du mein Bett: Das hatte Simon gesagt. Nicht: Nimm du mein Zimmer, während du mein Gast bist. Auch nicht: Ich hab dir in unserem Materialwagen eine Koje eingerichtet. Zum Teufel, ich hatte meinen Koffer nicht einmal ausgepackt! Da waren auch ein paar Sachen, die ich Simon mitgebracht hatte. Taschenbücher, Kosmetikartikel, Zeitschriften. Ich war nicht einmal dazu gekommen, ihm die Sachen zu geben. Vielleicht hätte er mir sofort sagen sollen: Pack deinen Koffer gar nicht erst aus, denn es lohnt sich nicht. Meinte er so etwas? Oder nicht? Das alles verwirrte mich sehr.

Auf dem abgezogenen Feldbett und auf dem Fußbodenbelag waren Spuren wie von Fett. Nein, kein Blut. Ich ekelte mich davor, zwang mich aber, in Simons Zimmer zu bleiben. Es war enttäuschend, dass nichts in diesem Raum, obwohl Simon doch schon so lange hier lebte, wirklich auf ihn hinwies. Ein Hotelzimmer, das man für eine Nacht mietet, konnte kaum unpersönlicher sein. Ein paar Kleidungsstücke, gut. Ein paar Fachbücher, gut. Aufzeichnungen, Tabellen und Bodenproben auf dem Tisch, gut. Aber nicht einmal der Geruch von Simon war in diesem Raum. Hat nicht jeder Mensch eine unverwechselbare Ausdünstung, eine Duftmarke sozusagen? Wenn ich nicht gewusst hätte, dass mein Bruder hier wohnte, hätte ich es nicht gemerkt.

Dann fand ich doch etwas Überraschendes. Zwischen den abgegriffenen Fachschriften über Geologie, Hydrographie und Petrographie fand ich einen schmalen Band mit Gedichten von Léopold Sédar Senghor. Simon und Gedichte: puh! Das Buch war in französischer Sprache. Als ich es in die Hand nahm, blätterte sich eine Doppelseite von selbst auf, weil sie wohl sehr oft aufgeschlagen worden war. Das Gedicht hieß *Femme noire.*

Femme nue, femme noire – Vêtue de ta couleur qui est vie, de ta forme qui est beauté! Ich weiß nicht, warum mich die Zeilen so fesselten. Ich las ganz langsam. Femme nue, femme obscure – Savane aux horizons purs, savane qui frémis aux caresses ferventes du Vent d'Est … Savanne mit klarem Horizont, Savanne, die schaudert in inbrünstigen Liebkosungen des Ostwindes. Hieß das so? Femme noire – schwarze Frau. Schwarze Frau! Femme nue, femme noire – nackte Frau, schwarze Frau. Ich verstand! Ich verstand! Tamtam sculpté, tamtam tendu qui grondes sous les doigts du Vainqueur. Geschnitztes Tamtam, gespanntes Tamtam, welches murrt unter den Fingern des Siegers …

Femme nue, femme obscure. Die nächste Strophe von der nackten, dunklen Frau war mit Bleistiftbuchstaben zwischen den Zeilen übersetzt worden. Simons Handschrift. Und da war eine Zeile, die mein Herz heftig schlagen ließ: Gazelle aux attaches célestes, les perles sont étoiles sur la nuit de ta peau. Gazelle mit himmlischen Fesseln, die Perlen sind Sterne auf der Nacht deiner Haut. Und dann las ich noch: Im Schatten deines Haars erhellt meine Angst sich, nah deinen Sonnenaugen.

Ich hatte mir das Wort gut gemerkt. Mbuluku!

Mir war, als hätte ich in einem geheimen Tagebuch geblättert. Als hätte ich Sätze aus Liebesbriefen gelesen, die nicht meine Liebesbriefe waren, die nicht an mich gerichtet waren, die für mich tabu waren: So schämte ich mich plötzlich. Ich legte den Lyrikband so hin, wie ich ihn gefunden hatte, und verließ hastig Simons Zimmer. Aber endlich hatte ich etwas gesehen, was dieses Zimmer unverwechselbar zu Simons Zimmer machte. Ich spürte deutlicher als vorher die Unruhe, die ich von Beginn meiner Reise an empfunden hatte und die ich nicht zu erklären wusste.

Als ich ins Helle trat, sah ich Joseph mit dem Jeep kommen. Er freute sich, dass ich ihm bei der Zubereitung des Mittagessens helfen wollte. Ich schnitt Maniokblätter für Saka-Saka zurecht, während er Chili con carne aufwärmte. Für den Nachtisch zerquetschten wir Ananasscheiben in Weißwein. Joseph sang unentwegt ein monotones Lied, das von einer Schlange handelte, denn das Wort Nioka kam in beinahe jeder Zeile vor. Ich deckte den Tisch. Dass ich Hunger hatte, wunderte mich.

Rasmus erschien als Letzter am Tisch. Er berichtete, dass die Milchkuh stark huste. Micha holte Bier. Er hatte seine verschmierten Hände nicht gewaschen, doch das schien niemanden zu stören. René wollte wissen, ob sich jemand von der Mission über Funk gemeldet hätte. Dann aßen wir schnell und schweigend.

Am Nachmittag half ich Micha beim Auspflanzen

und Bewässern von Graskeimen. Wir deckten alles mit Folien ab und errichteten Steinwälle gegen die Ratten. Micha wirkte aufgekratzt. Anscheinend freute er sich auf den Abendtrip nach Kenge deux. Später merkte ich, dass René und Joseph ähnlich empfanden. Simon mauerte. Rasmus machte keinen Hehl daraus, dass er die Ausflüge abstoßend fand. Es schien sich um ein wiederkehrendes Ritual zu handeln.

Micha fuhr den Landrover. René, Joseph und Simon hatten sich auf die Ladefläche gehockt. Ich saß im Führerhaus neben Micha. Schon nach wenigen Minuten klebte mein Hemd an der Rücklehne fest.

»Du merkst wahrscheinlich, dass wir alle ein bisschen nervös sind«, sagte Micha. »Du hältst uns für gaga, hab ich Recht? Tropenkoller und so.«

»Ich bin doch grad erst angekommen«, sagte ich.

»Komm, das hast du doch garantiert gleich gemerkt, dass bei uns der Haussegen schief hängt! Hat Simon dir erzählt, dass wir reichlich getürkte Berichte nach Hause geschickt haben?«

»Ich weiß nur, dass manches nicht so richtig läuft.«

»Nett gesagt!« Micha lachte albern. »Dass manches nicht so richtig läuft! Der Witz ist, Albert, dass dieses Scheißprojekt für jeden von uns, jetzt mal von Mpunda abgesehen, von existentieller Bedeutung ist.« Dann korrigierte er sich: »Fast für jeden.« Fluchend wich er Echsen aus, die sich in der Fahrspur sonnten. »Für den einen vielleicht etwas mehr als für den andern. René zum Beispiel möchte in der Schweiz 'ne große Nummer werden. Experte für angewandte Entwicklungshilfe mit einschlägiger Dritte-Welt-Erfahrung. So in der Art. Und ich, das will ich dir ganz offen sagen, treib mich bestimmt nicht hier in der Brousse rum, weil ich so'n gutes Herzchen habe und die Welt beglücken möchte. Flötepiepen! Wenn meine biologischen Experimente gelingen, nimmt mich zu Hause jeder Pharma-Konzern mit Kusshand. Kapierst du? Und darum darf unser Projekt nicht vor die Hunde gehen!«

Enttäuschungen können gut sein, weil sie Schluss machen mit der Täuschung. Aber ich täuschte mich längst nicht mehr. Meine Ernüchterung hatte schon bei der Landung stattgefunden, vielleicht sogar schon vorher, und die Seifenblasen meiner Illusionen waren schon bei Simons letzten Briefen geplatzt. Was ich jetzt spürte, war fast so etwas wie Ekel. »Aber Rasmus!«, sagte ich. »Der Rasmus steckt doch voll in dieser Arbeit drin! Der meint es doch auch so. Oder seh ich das falsch?« Natürlich sah ich das falsch, das wusste ich selber. Ich redete einfach nur so daher. Denn dass Rasmus es nicht so meinte, hatte er mir doch deutlich genug zu verstehen gegeben. Zebus!, hatte er gesagt. Ich glaube, ich hatte ihn gut verstanden.

Micha hupte, weil sich ein Hunderudel im Staub der Piste wälzte. »Ja, bei Rasmus liegt der Fall anders. Der liebt dieses Land. Der ist wirklich ein Idealist. Obwohl ich manchmal ...« Micha sagte den Satz nicht zu Ende, sondern fing einen neuen an. »Und was Simon betrifft ...«

»Der ist kein Mann für die Brousse.«

Micha lachte so sehr, dass er dabei fast seine Zigarette verschluckte. Von der Ladefläche her bullerte einer gegen das Blech des Führerhäuschens, weil der Wagen so schlingerte.

»Was du in der kurzen Zeit schon alles spitzgekriegt hast, Albert!«

»Rasmus hat es mir gesagt.«

»Natürlich. Wer denn sonst?«

Wir erreichten die ersten Häuser der kleinen Stadt. Nichts sagende, ungepflegte Häuser, flach, uniform. Deprimierend wie kleine Kasernen. Ich sah nur wenige Holzhütten mit Palmblattdächern. Die Häuser waren aus betonierten Fertigteilen gebaut. Staub wirbelte auf. Das schien die Kinder und die Hunde nicht zu stören. Micha fuhr viel zu schnell.

Der Name *Chez Monique* auf dem ovalen Holzschild über der Schwingtür war kaum noch zu lesen. Aber als wir dann im dämmrigen Lokal zwischen den Tischen standen, staunte ich. Eleganz, verstaubt zwar, aber eindeutig Eleganz. Wie kam eine solche Kneipeneinrichtung in diese Gegend? New Orleans, dachte ich, Mississippi-Steamer. Ich sah messingbeschlagenes Mahagoni und kupferne Ampeln, Jugendstilstühle und Vasen mit Wachsrosen. Es gab mehr als ein Dutzend Tische und die meisten waren besetzt. »Rechts vom Tresen«, sagte René. »Der runde Tisch ist prima.« Er rief dem dicklichen Mann mit dem Molchgesicht und der schwarzen Frackschleife zu: »Heh, Marcel, ist dort noch frei?«

Der Wirt nickte und machte ein Victory-Zeichen.

Wir waren die Einzigen, die in Hemd und Hose am Tisch saßen. Die anderen Gäste – außer Joseph waren nur noch zwei Schwarze da – waren auf seltsame Weise lässig und vornehm zugleich gekleidet. Offene Hemdkragen, aber Krawatten. – Weiße Dinnerjackets, aber mit speckigen Revers. Und dünne Zigarillos in den Mundwinkeln. Und ein Hauch von Unrasiertheit. Es war zum Totlachen. Verdammt, ich kannte den Film! Wenn Humphrey Bogart zur Tür reingekommen wär, es hätte mich nicht gewundert. Eine Traumoase im Brousse-Land von Zaire. Und die Kellnerin, die an unseren Tisch kam, trug Netzstrümpfe.

»Ça va, Messieurs?«

»Ça va, Monique!«

Also nicht die Kellnerin, sondern die Chefin. Sie war stark geschminkt und sah kränklich aus, aber ihre Augen waren schön. Es schien mir unmöglich, ihr Alter zu schätzen. Sie konnte genauso gut dreißig Jahre alt sein wie sechzig.

»Erst einmal große Biere«, sagte René. »Aber vom richtigen Fass, hören Sie, Madame? Nicht diese Primus-Pisse.«

»Tss, tss, tss! Und wenn die Herren essen möchten: Wir haben Langusten reinbekommen. Marcel hat eine Kräutersauce mit frischem Knoblauch gemacht. Vielleicht Blattspinat dazu?«

René spielte eindeutig den Boss. »Erst die Biere. Und machen Sie uns dann eine schöne Fischplatte mit Langusten zurecht. Marcel weiß schon. Wir trinken weißen Languedoc-Wein dazu. Eine große Karaffe. Und dass er schön kühl ist!«

»Natürlich«, sagte die Frau. »Wie geht's bei euch draußen?«

»Es könnte kaum besser sein«, sagte Micha und lachte.

Monique verzog ihr Gesicht zu einem verschwörerischen Lächeln. »Die Mädchen haben sich für später angesagt. Jetzt bringe ich Ihnen erst einmal das Bier. Wer ist denn er?« Sie zeigte auf mich.

»Mein kleiner Bruder«, sagte Simon. »Er ist zu Besuch hier.«

»Sieh mal an!«, sagte sie und sah mich an.

Ich weiß noch, dass ich rot wurde und froh war, als sie von anderen Gästen gerufen wurde. Dann sah ich, dass die Gäste ausschließlich Männer waren. Das heißt: Gesehen hatte ich es wohl vorher schon, doch jetzt wurde es mir erst klar. Verwirrt schaute ich zu Simon hinüber, doch der fing meinen Blick nicht auf. Als Monique das Bier brachte, tranken wir gierig. Eigentlich trinke ich nicht besonders gern Bier, aber dass diese Flüssigkeit wirklich kalt war, bemerkte ich mit Entzücken. Und trank!

»Warum haben wir nicht so gutes Bier im Kühlschrank?«, fragte Joseph.

»Weil bei unserem beschissenen Kühlschrank selbst das mieseste Bier noch zu schade ist. Bier muss kalt sein.« René trank sein Glas leer. »Wir brauchen erst mal einen besseren Kühlschrank. Ich glaube, ich lass mir noch mal die Luft aus meinem Glas rausmachen. Hallo, Monique!«

Was waren das nur für Leute, die hier im Lokal saßen? Und warum waren die überhaupt in Kenge deux? Die arbeiteten doch nicht hier. Oder doch? Aber was konnten solche Leute denn hier schon arbeiten? So wie die sahen in den Filmen doch die zwielichtigen Händler und Schmuggler und Dealer aus. Gab es denn hier im Buschland etwas zu handeln oder zu schmuggeln oder zu dealen? Ich fragte Simon.

»Manche sind einfach hier hängen geblieben, als die Kolonialzeit zu Ende war. Haben irgendwie den Anschluss verpasst oder die Kurve nicht mehr gekriegt. Als die Belgier noch im Land waren, hat jeder Weiße seinen Schnitt gemacht. Was die jetzt so tun?« Simon hielt die Handflächen hoch und das sollte wohl heißen, dass er es nicht wusste. »Der mit der Stirnlocke über der Glatze, den beim Klavier meine ich. Siehst du den? Also, der hat zum Beispiel ein Flussboot. Transportiert, was grad so anliegt. Kokosnüsse, Zement, Dieselkraftstoff. Für uns ist der auch schon gefahren.«

Marcel brachte uns die Fischplatte. Es war ein köstliches Essen. Vom Wein trank ich nur wenig, denn ich fühlte, dass mir der Kopf schwer wurde. Ich war nicht an Alkohol gewöhnt. Die anderen langten in jeder Beziehung reichlich hin. Selbst Joseph und Simon wurden redselig. Grammophonmusik schepperte durch den Raum. *Parlez-moi d'amour …* Wohlige

Schläfrigkeit überkam mich. Ich dachte: So könnte ich ewig sitzen.

Dann kamen die Mädchen herein. Mädchen wie aus Plastik. Und sie gackerten auch so. Es waren fünf Mädchen. Auf Stöckelschuhen trippelten sie zur Theke und setzten sich auf die Barhocker. Weiße Mädchen, vielleicht auch die eine oder andere ein Mischling. Jedenfalls war kein schwarzes Mädchen dabei. Micha machte längst Stielaugen.

»Letztes Mal haben wir zu lang gewartet«, sagte René, »also nix wie ran!« Er stand auf, Micha folgte ihm. Die drei, vier Quadratmeter in der Mitte des Lokals waren die Tanzfläche. Für Stehblues schien das allemal genug. Die Frau, die Micha aufgefordert hatte, war zu groß und zu schwer für ihn. René tanzte mit einer lederhäutigen Schwarzhaarigen. Sie bewegte sich, im Gegensatz zu Renés robbenhafter Schwerfälligkeit, ausgesprochen grazil. Auch andere Männer hatten inzwischen Mädchen zum Tanz gebeten. Das alles geschah mit einer so trägen Lässigkeit, wie sie vielleicht nur in dieser feuchten Hitze möglich ist. *Moulin rouge.* Micha hatte die Augen geschlossen. Eigentlich stand die Frau nur auf der Stelle und Micha bewegte sich wie ein langsamer Satellit um sie herum.

»Würden die Mädchen auch mit Joseph tanzen?«, flüsterte ich Simon ins Ohr.

Simon nickte. »Die machen's für Geld. Rassenvorurteile haben die nicht. Aber ich glaube nicht, dass

Joseph Lust hätte, mit denen zu tanzen. Die Bantus finden schwarze Frauen viel anziehender.«

Er sagte das so, als wollte er sagen: Schwarze Frauen *sind* viel anziehender. Ich fühlte das genau. Femme nue, femme obscure … Gazelle mit himmlischen Fesseln, die Perlen sind Sterne auf der Nacht deiner Haut. Im Schatten deines Haars erhellt meine Angst sich, nah deinen Sonnenaugen, Femme noire … Vielleicht dachte Simon in diesem Moment die gleichen Worte, die ich dachte. Es waren seine Worte, die ich dachte, und sie machten mich traurig, doch vielleicht lag das auch am Wein.

René und Micha brachten die Mädchen mit an unseren Tisch. Namengemurmel, Händedrücken. Die beiden Mädchen aßen hastig die letzten Fische und Langustenstücke. René bestellte neuen Wein. Joseph verdrückte sich. Er habe woanders noch etwas zu erledigen, sagte er, und sei rechtzeitig zur Heimfahrt wieder zurück. Die schwere Frau nannte mich unentwegt *mon petit* und presste unter dem Tisch den Schenkel gegen mein Bein. Ich beneidete Mpunda, dass er abhauen konnte. Die Frau sagte, dass sie mit mir tanzen wolle, aber ich sagte, ich könne solche Tänze nicht. »Was für Tänze?«, kreischte sie und lachte los. Sie hatte mein Haar gepackt und schüttelte es wie verrückt. Ich sah, dass ihr Lippenrot Risse hatte. »Du bist süß, mon petit!«

»Heh, ich bin auch noch da!«, beschwerte sich Micha.

»Du bist auch süß.«

Später verschwanden Micha und René mit den Frauen. Simon war es anscheinend peinlich, dass ich das Spielchen mitbekam, und mir war es peinlich, dass es ihm peinlich war. Für ihn war ich immer noch der kleine Bruder. Wir saßen nebeneinander in diesem Raum voll Qualm, Stimmengewirr und Musik und hatten uns nichts zu sagen. Simon drehte nervös sein Glas. Die Männer beim Klavier schnieften Kokain.

Nach ungefähr einer Stunde kamen René und Micha zurück und grinsten mit gekünstelter Fröhlichkeit. Die beiden Mädchen saßen jetzt an einem anderen Tisch. Bald war auch Joseph zurück.

»Wer zahlt?«, fragte René.

»Ich«, sagte Simon. Er zeigte Monique mit den Händen, dass sie die Rechnung machen solle. »Bist du satt geworden, Albert?«

»Du stellst Fragen!«

Als wir zu unserem Wagen kamen, sahen wir, dass alle vier Reifen zerschnitten waren. Da standen auch andere Autos, aber nur an unserem Landrover waren die Reifen kaputt.

»Schöne Scheiße!«, zischte René. »So was hab ich mir schon immer gewünscht! Schön dunkel, die Reifen im Arsch und der Regen geht auch gleich los. Prost!«

»Wer macht denn so was?«, fragte ich und bekam keine Antwort.

Simon sagte, er wolle bei den Missionaren anrufen und Kees um Hilfe bitten. Er ging ins Lokal zurück. Wir standen da und guckten nur doof. Micha pinkelte auf der Straße. Ich hatte den dringenden Wunsch den Kopf in kaltes Wasser zu tauchen.

»Sie kommen!«, rief Simon schon von weitem. »Viertelstündchen!«

Es dauerte aber fast eine Stunde, bis sie kamen. Kees fuhr einen Pick-up-Ford, der junge Missionar im Habit einen Jeep.

»Weihnachtsbescherung«, sagte Kees, als er etwas schwerfällig aus dem Wagen stieg. Offenbar hatte er allerhand getrunken. Lag es an diesem Klima, dass die Männer so entsetzlich viel tranken? Oder schluckten sie so viel, weil sie als Weiße hier in der Fremde waren? Spielte das Heimweh eine Rolle? Doch wie konnte einer wie Kees Heimweh haben, wo er schon so lange in der Brousse war? Konnte er trotzdem? »So sieht man sich wieder«, sagte er zu mir, als er mich im Scheinwerferlicht erkannte.

»Ja, so sieht man sich wieder.«

»Heute ihr«, sagte Kees, »und morgen sind wir vielleicht schon an der Reihe. Ich mach mir nichts vor. Also, ihr nehmt den Jeep und schaut zu, dass ihr vor dem Regen zu Hause seid. Und morgen bringt dann einer von euch den Wagen zurück und fährt mit unserem Monteur zu eurem lahmen Kübel hier. Vergesst nicht Ersatzräder mitzubringen! Unser Bruder Jahn kann die Reifen später vulkanisieren, falls es sich noch lohnt.«

»Gut«, sagte René. »Und danke, dass Sie gekommen sind! Ohne Ihre Hilfe würden wir jetzt schön blöd hier stehen. Was ja wohl die Absicht war!« Renés Stimme war jetzt scharf.

»Wer denkt sich denn solche Gemeinheiten aus?«, fragte der junge Missionar und betastete die platten Reifen. »Das ist doch nicht zu fassen!«

»Heute ihr, morgen wir!« Kees lachte rauh. »Ich sage euch, das hat angefangen und hört nicht wieder auf. Wir sollten endlich Schluss machen mit dem Träumen.« Dann brach es geradezu aus ihm heraus. »Nur die Außenhaut haben wir erreicht, sag ich euch! Nur die Außenhaut! Da kommen die Belgier und stülpen den Bantus ihre verdammte europäische Zivilisation über und bilden sich ein, sie hätten die Kultur an den Kongo gebracht. Ausgerechnet! Kultur hätten sie hier finden können, genug, genug! Die bornierten Kolonialherren mit ihrer Vorstellung von Kultur. Wasserklosett als Gipfel der Kultur. Dass ich nicht lache! Und jetzt sind sie weg und was hat sich in Kinshasa geändert? Ich sag es euch: nichts! Die gleichen Multis beuten weiter aus, sind halt nur zusätzlich ein paar schwarze Gesichter dabei. Kupfer, Kohle, Zinn, Kobalt. Na fein! Da hat sich nichts geändert. Aber hier in der Brousse, da ändert sich was. Habt ihr's schon gemerkt?«

»Ist ja gut«, sagte der junge Missionar.

Kees ließ sich nicht beruhigen. »Nichts ist gut! Nur die Außenhaut haben wir erreicht. Aber die Seelen dieser Leute, die Seelen, die haben wir nicht erreicht. Die können wir nämlich nicht erreichen. Hah!«

»Wie kannst du als Missionar nur so reden!«

»Ja, wie kann ich als Missionar nur so reden.«

Sie fuhren los mit dem Pick-up. Trotz des Motorlärms

konnte ich Kees lachen hören. Wir stiegen in den Jeep. Joseph fuhr. Ich saß eingeklemmt zwischen Simon und Micha auf der Rückbank und fror plötzlich.

Wir erreichten das Camp noch vor dem Regen. Micha schimpfte wie ein Rohrspatz, weil er Nachtwache bei der Herde hatte. Rasmus wirkte bedrückt.

Simon sagte zu mir: »Nimm du mein Bett. Frische Laken sind im Spind. Aber schau erst nach, ob keine Schlange im Zimmer ist!«

Da war es wieder: Nimm du mein Bett.

Wo schlief Simon eigentlich?

Bananenfresser

Ich fand den Ngwari-See leicht.

Früh am Morgen hatte ich zusammen mit den anderen wie betäubt am Kaffeetisch gesessen. Keiner hatte gut geschlafen. Micha, der von der Wache kam, entlud das Gewehr und nörgelte über den Hartkeks, weil der nicht mehr hart war, sondern Wasser gezogen hatte. Rasmus hielt einen Vortrag über die Stoffwechselstörungen der Rinder. Ich war ohne Zweifel überflüssig bei allem, was die Männer vorhatten, und ließ mir den Weg zum See zeigen.

Ich hatte mir aus dem Magazin Wasserstiefel geholt, weil das Gras noch so nass war. Sie hatten mir vorgeschlagen einen der Wagen zu nehmen, weil der Weg lang sei, doch ich wollte lieber laufen und wenn ich etwas hatte, dann war es Zeit! Außerdem hatte ich noch nie einen Geländewagen gefahren und wollte nichts riskieren in dieser Hoppellandschaft. Es reichte ja, dass der Landrover ausgefallen war.

Das Land atmete aus. In den Baumkronen hingen Dunstfetzen, die wie Spinnweben klebten. Die Warnschreie der Vögel begleiteten mich während des ganzen

Anstiegs den Waldrand entlang. Ich hörte auch Kinderstimmen vom Dorf her, zumindest glaubte ich, sie zu hören. Als ich den Kamm erreicht hatte, lehnte ich mich an den krummen Stamm einer Palme und ruhte aus. Links unter mir musste sich die Herde befinden, doch der Nebel lagerte noch zu dicht und so konnte ich die Tiere nicht sehen. Irgendwo bei der Weide musste Simon jetzt auch sein. Ich saugte den bittersüßen Geruch des feuchten Bodens ein. Afrika, ganz klar! Aber warum lungerten hier keine Löwen im Steppengras, warum schlichen keine Leoparden durch die Savanne? Afrika, zum Teufel, da erwartet man doch Elefantentrompeten oder Rhinozerosschnauben, langhalsige Giraffen, die mit spitzen Lippen an den Zweigen der Schirmakazien nippen oder so. Zumindest Herden von Gnus und Kudus und Zebras, rosabeinige Strauße dazwischen und darüber kreisende Geier. War ich im falschen Film? Dennoch: Dies war ein ganz starkes Gefühl, fremd, na klar! Aber es hatte eindeutig mit dem Afrika der Träume zu tun, das es vielleicht nur in meinem Kopf gab.

Vom Hügelkamm aus schräg nach links den lang gestreckten Mulden folgen, die wie Bachbetten aussehen, hatten sie mir gesagt, alles, was abwärts gehe, führe zum See. Also gut. Mehrmals glitt ich aus und fluchte über die Gummistiefel, aber ich ließ mich lieber fallen, als dass ich nach den Zweigen der Büsche griff, die Dornen waren nämlich spitz wie Nadeln. Der Gedanke, dass ich mich in dieser Einsamkeit verlaufen und völlig die

Orientierung verlieren könnte, beschäftigte mich. Ich wunderte mich nur, dass da keine Angst war, kein Herzklopfen, kein Anflug von Panik. Ich stellte mir das vor: Ich ganz allein, zumindest als einziger Mensch, in einer irrsinnig großen Landschaft. Das Wort *endlos*. Ich sah mich von außen: aus der Ferne oder von oben. Und ich hatte sogar Zweifel, dass ich wirklich dieses Menschlein war, dieser kleine Punkt, der sich bewegte und sich dann irgendwo im Dunst verlor. Niemand würde mich finden. Es gab mich einfach nicht mehr. Das Land hatte mich verschluckt. Na und? Ich musste laut lachen. Nein, ich fürchtete mich wirklich nicht. Also weiter, weiter!

Als ich das Krüppelgehölz durchdrungen hatte, das meinen Weg versperrte, und über die weite Mulde schauen konnte, blieb ich wie angewurzelt stehen. Seltsam überscharf sah ich den Spiegel des Sees, über dem das unwirklich klare, reine Licht fast wie eine Schicht aus Leere lagerte. Und darüber schien die wattige Nebelwolke – aber es war strahlend weißer Nebel – wie ein gigantischer Ballon zu schweben, der von einer geheimnisvollen Macht im Talkessel festgehalten wurde. Das Bild eines riesigen Kelches, über dem freischwebend der Wolkenberg stand, und darüber spannte sich ein grünlichblauer Himmel bis zu den fernen Bergen am Horizont. Verzaubert stand ich, Großstädter und aus einem schmutzigen Winterland kommend, lange Zeit und wachte erst wieder auf, als sich der helle Ball auflöste und in silbrigen Schlieren vom Wind über den See geblasen wurde. Dann spürte ich auch, wie die Hitze aufkam und die Konturen wieder zur Unschärfe gerinnen ließ. Ich konnte das gegenüberliegende Ufer nicht erkennen. Tot wie zerlaufenes Blei lag jetzt das Wasser. Die Schilfbänke waren von einem fahlen Gelb. Der See schien wirklich rund zu sein.

Ich schlitterte die steile Böschung hinunter. Ein angenehmer Hauch von Kühle schlug mir entgegen. Die Vögel, die im Röhricht keckerten, waren vielleicht sogar Rebhühner. Das Wasser, das in ganz kleinen Wellen auf dem Ufersand ausrollte, war sehr klar. Ich blinzelte in die Morgensonne, die mild und milchig und unfreundlich über dem Wasser leuchtete. Ich hatte das Gefühl, dass das nicht die Sonne war, die ich kannte.

Dann schnellten große Fische hoch, schienen für Sekundenbruchteile in der Luft zu verharren und platschten ins Wasser zurück. Ich sah auch Libellen grün und violett und bläulich über das Schilf schwirren, die Farbe wechselnd und den Ort. Und Schnaken und Moskitos drangen auf mich ein, obwohl ich mich doch sorgfältig mit der Schutzsalbe eingerieben hatte.

Ich dachte: Wem gehört eigentlich solch ein See? Die typischen Denkmuster des verwalteten Zivilisationsmenschen. Der See kann sich doch nicht selbst gehören, sich oder der Landschaft. Und wenn er den Bapelende gehört: Müsste man es ihm dann nicht ansehen? Hinweisschilder, Uferstege, Befestigungen, Zäune, Häuser müsste es doch geben, oder? Besitz und Besitzansprüche müssen doch gekennzeichnet sein! Die scheinbare Unberührtheit verwirrte mich. Ein See, dem man nicht ansah, dass die Menschen seine Existenz entdeckt hatten. Dass es so etwas gab!

Die fremde Schönheit machte mich besoffen. Oder sollte ich sagen: die schöne Fremdheit? Und die Fische sprangen noch immer nach den Mücken. Ich nahm den Hut ab, schöpfte Wasser mit der Hand und wusch mir das Gesicht. Das Wasser war überraschend kalt. Plötzlich kam der fremde Mann. Ich erschrak. Dabei tauchte er weder wie aus dem Erdboden auf noch hatte er sich angeschlichen. Er kam mit schnellen Schritten. Wahrscheinlich war es gerade diese Entschlossenheit, mit der er ohne jedes Zögern auf mich zuging, die mich erschrecken ließ. Ich dachte nicht etwa: Warum ist der hier? Ich dachte: Was will der von mir? Der Mann mochte etwa so alt sein wie Simon. Er war ungewöhnlich schlank und hochgewachsen, zu wadenlangen, weiten weißen Hosen trug er ein schwarz und dunkelblau gerautetes Hemd. Ich weiß, dass mir das Wort *herrisch* einfiel, als ich seine Gesichtszüge erkennen konnte. Das sehr kurze Kraushaar betonte die Form des Kopfes. Die Innenflächen seiner Hände wirkten fast weiß und als er den Mund öffnete, erschien mir seine Zunge hellrosa und kontrastierte auffallend zur Haut, die für einen Bantu besonders dunkel war, jedenfalls wirkte sie eher schwarz als dunkelbraun.

»Bonjour, Monsieur«, sagte er.

»Oh! Mbote, Monsieur!«

Er wiederholte: »Bonjour!«

Das Wort betonte er so, als wollte er mich korrigieren. Ich setzte schnell den Hut wieder auf, damit er nicht sah, dass ich rot wurde. Seine leise Stimme, mit der er die Wörter fast überdeutlich akzentuierte, klang freundlich, doch ich meinte auch eine Spur von Spott zu vernehmen.

»Sie bewundern unseren Ngwari-See?«

»Ja. Er ist wunderschön. Ich finde gar nicht die richtigen Worte, um ...«

Der Mann winkte ab. »Man muss nicht alles sagen. Wenn die Augen Schönheit sehen, braucht der Mund ihnen dabei nicht zu helfen. Wollen Sie ein Stück hinausrudern mit mir?«

Er watete ins seichte Wasser. Erst jetzt fiel mir auf, dass er barfuß ging. Er zog die Piroge aus dem Schilf. Ich hatte das roh gehauene Boot, obwohl seine Bugspitze nur wenige Meter von mir entfernt war, vorher nicht gesehen. Also gab es doch ein Zeugnis der Besitznahme durch die Menschen, aber das Wort *Besitznahme* war bereits falsch. Dass Menschen manchmal diesen See befuhren, nur dafür war die Piroge ein Beweis.

»Steigen Sie ein, Monsieur!«, rief der Mann.

Ich riss die Gummistiefel von den Füßen und ließ sie einfach am Ufer liegen. Ich lief ins Wasser und stieg in das schmale, bedrohlich schwankende Boot. Ich tat das einfach wie unter Zwang und ohne Zögern. Der Mann kniete im Heck des Einbaums und hielt mit dem Paddel die Balance. Ich setzte mich nach vorn und krallte mich an den Kanten fest. Dann wurde mir klar, dass ich vorwärts schaute und das Gesicht des Mannes hinter mir nicht sehen konnte. Hatte er das so geplant?

Mit sanften Schlägen stieß er vom Ufer ab. Das Boot lag so tief, dass meine Hände nass wurden. Ich hatte die Vorstellung, auf eine riesengroße Bühne hinausgeschoben zu werden. Die fast reglose Fläche des Sees, die grau wirkende Luft, die fast zum Anfassen feucht war, und nur das Boot bewegte sich gleitend und lautlos in die Leere hinein.

»Könnten Sie in diesem Land leben, Monsieur?«

Wie sollte ich das wissen? Ich war doch kaum erst angekommen! Ich sagte es ihm.

Er grinste. Ich weiß, dass er grinste, obwohl ich sein Gesicht nicht sah. Er sagte: »Auch nach einem Jahr könnten Sie diese Frage nicht beantworten. Aber es gibt Leute, die haben kaum die Füße auf unser Land gestellt, da wollen sie schon anfangen mit dem Verändern. Sie pflügen die Erde um und säen Gras, das sie mitgebracht haben, weil ihnen unser Gras nicht gefällt. Sehr schlaue Leute sind das. Hab ich Recht?«

Ich schwieg. Ich wusste nichts zu sagen.

»Und höfliche Gäste, nicht wahr, Monsieur? Weil ihnen das Gästezimmer nicht gefällt, räumen sie es aus und stellen ihre eigenen Möbel hinein. Das ist sehr praktisch, denken Sie nicht auch? Sogar die Landschaft um diesen See herum wollen sie so verändern, dass es ihnen passt. Bulldozer kommen und Motorpflüge und dann probieren sie alle Grassorten aus. Sie fühlen sich sofort wie zu Hause und dabei wissen sie nicht einmal, ob sie in diesem Land leben könnten! Aber das macht ja auch nichts. Wenn es nicht gefällt, lässt man alles liegen und stehen und verschwindet wieder.«

Dass ich sein Gesicht nicht sehen konnte! Ich fühlte, wie er mir in den Nacken starrte, und das machte mich beinahe hilflos. Trotzdem versuchte ich mich zu wehren. Oder wollte ich Simon und die anderen verteidigen? »Aber sie meinen es doch gut!«, schrie ich.

»Sicher. Die Belgier haben es damals auch gut gemeint. Alle Weißen, die nach Afrika kommen, meinen es gut.«

»Die Ernährung, ich meine … Die kleinen Kinder mit den …«

Er unterbrach mich barsch. »Die kleinen Kinder mit den aufgedunsenen Maniokbäuchen. Das wollten Sie doch sagen, ja? Ernährungsschäden. Eiweißmangel. Schlechtes Gesundheitswesen. Ja, ja! Mangelhafte Hygiene. Ich frage Sie: Wenn die Europäer niemals in dieses Land gekommen wären, hätten die kleinen Kinder dann auch aufgedunsene Maniokbäuche heute?«

»Aber man kann doch versuchen, das Unrecht der Kolonialzeit wieder gutzumachen! Man kann doch partnerschaftlich …« Ich redete nicht weiter. Mein Widerspruch kam mir selber lächerlich vor.

»Sie sind noch sehr jung, Monsieur!« Er lachte. »Die Kühe, die haben sofort gemerkt, dass sie hier nichts verloren haben. Die sind krank geworden. Sie verstehen, was ich sagen will?«

Ich nickte ohne jede Überzeugung.

Das Boot schwankte stark, weil der Mann wahrscheinlich eine ausholende Bewegung machte. »Vielleicht weiden um diesen See herum schon bald Tiere, für die man keine Zäune braucht und kein Zusatzfutter aus Europa. Und vielleicht bieten diese Tiere den Bapelende trotzdem Nahrung. Wer weiß!«

Das kalte Wasser tat gut an den Armen. Ich ließ den Blick über den dunstigen Ufersaum gleiten. Bäume, Sträucher und Schilf waren zu einer einzigen Formation von zauberhafter Harmonie verlaufen. Aus dem Grün und dem fahlen Gelb hatte das Licht ein weiches Violett gemacht. Der Mann hinter mir summte eine eintönige Melodie und trieb die Piroge weiter auf den See hinaus. Ich sah die Fische nicht mehr springen, aber ich hörte sie.

Plötzlich strichen große Vögel wie im Sturzflug über unsere Köpfe weg, schrien rau und angriffslustig, quirlten dann in strenger Flugordnung hoch und umkreisten das Boot, als müssten sie uns bewachen. Es waren mindestens zwanzig Vögel, sie waren so groß wie Fasane und hatten haubengeschmückte Köpfe, kurze, gerundete Flügel und lange Schwänze. Ich erkannte auch, dass sie die kräftigen Kletterfüße wie zur Attacke gespreizt hielten.

»Was für Vögel sind das?«, fragte ich.

»Musophagiden. Es ist ganz erstaunlich. Eigentlich fliegen sie nicht in so großen Verbänden herum, sondern turnen paarweise in den Bäumen. Ich weiß nicht, was sie so aggressiv macht. Motorgeräusche vielleicht.

Wenn Sie einmal in einem zoologischen Lexikon europäischer Art nachschauen, werden sie diese Lärmvögel in der Gattung der Bananenfresser finden. Wissen Sie, warum solche Vögel Bananenfresser genannt werden?«

Wie konnte der Mann nur so blöd fragen! »Vermutlich, weil sie sich von Bananen ernähren«, sagte ich überlaut, weil mich die Frage ärgerte. Was bildete der sich ein!

»Dann wissen Sie mehr als ich!« Die spöttische Stimme ließ erkennen, dass ich in die Falle gegangen war. »Sie ernähren sich von den Früchten der Sykomoren, Cordien, Tamarinden und Schirmakazien. Sie picken auch auf den Melonenbäumen und den Ficus-Büschen herum, weil sie Beeren und Nüsse und Knospen lieben. Aber sie fressen niemals Bananen. Ich sage Ihnen, warum diese Vögel Bananenfresser genannt werden! Weil irgendein Weißer, der sie zum ersten Mal sah, sich sagte: Die sehen so aus, als würden sie Bananen fressen. Und dann schrieb er vermutlich schnell ein ornithologisches Fachbuch über die Verhaltensweise der Bananenfresser. Sie verstehen, was ich damit sagen will?«

Jawoll, Herr Lehrer!, wollte ich schreien. Ihre verfluchte Besserwisserei tötet mir den Nerv! Ihre weisen Belehrungen hängen mir zum Hals raus! Behalten Sie Ihre Metaphern und Klugscheißereien für sich! Ich weiß ja selber, dass ich doof bin und naiv und alles, was Sie wollen! – Vermutlich nickte ich nur.

Der Mann summte wieder seine Melodie. Die großen

Vögel zogen eine Schleife und schossen noch einmal über unsere Köpfe hinweg, bevor sie zum Ufer zurückflatterten. Vielleicht waren sie keine Langstreckenflieger. Der Mann ruderte das Boot jetzt mit festen, ruhigen Schlägen auf ein Ziel an der gegenüberliegenden Seite des Sees zu. Er war ohne Zweifel ein ausdauernder und geschickter Ruderer. Die Hitze setzte mir zu.

Zuerst hörte ich das Gekreische, das wie Gelächter, Angstgeschrei und Angriffsgeheul in einem klang. Erst allmählich erkannte ich in den spukigen Konturen, die an die Ruinen alter Ritterburgen und an die Spukschlösser aus Horrorfilmen erinnerten, die Umrisse eines Geröllberges. Und das Getöse wurde von den Affen verursacht, die da kletterten und sprangen und jagten und flohen. Und sie keiften sich an, wieherten fast wie Pferde, fauchten und schmeichelten.

»Paviane«, sagte der Mann hinter mir.

Jetzt hätte ich ein Fernglas gebraucht. Manches konnte ich nicht sehen, sondern ahnte es nur: Wie sie die Zähne fletschten und sich in Scheinangriffen neckten, wie sie sich niederhockten und sich gegenseitig befummelten, wie sie in mächtigen Sätzen über die Felsbrocken sprangen und in Höhlen verschwanden, wie sie sich reckten und mit wackelndem Hinterteil herausfordernd anstachelten, wie sie sich zärtlich lausten und sich im nächsten Augenblick unter höllischem Gebelle bekämpften. War das Ernst, war das Spiel? Ich sah mähnige Paschas würdevoll hocken oder die Halbstarken prügeln. Ich sah die Weibchen mit den Jungen am

Bauch oder auf dem Rücken. Ich war hingerissen von diesem Bild und hätte das alles gern genauer gesehen.

»Paviane sind Bodentiere«, sagte der Mann, »keine Baumtiere. Sie können sehr gefährlich werden.«

»Wunderbar!« Ich war wie verzückt. »Können wir nicht näher ran?«

Als ob er auf diese Frage gewartet hätte! »Nein, wir können nicht näher ran. Denn das würde sie stören. Verstehen Sie, was ich damit sagen will?«

Nein, er wollte nicht mir den Affenfelsen zeigen: Er wollte mich vorführen! Ich hasste ihn in diesem Augenblick so sehr, dass ich am liebsten die Piroge umgeworfen hätte, um ihm im Wasser an die Kehle zu gehen. Warum reizte er mich so? Was hatte ich ihm getan?

Er wendete das Boot.

Auf der Rückfahrt gingen mir die verrücktesten Gedanken durch den Kopf. Was wäre, wenn mein Fährmann auf einmal die Lust verlöre, mich weiter über den See zu rudern? Wenn er einfach sagte: Schluss jetzt, ich bleibe jetzt hier und wenn Sie zum Ufer wollen, Monsieur, dann müssen Sie schon schwimmen! Würde ich die Strecke schaffen in dem kühlen Wasser? Würde ich vielleicht von meterlangen Hechten mit messerscharfen Zahnketten angefallen, von Molchen, Olmen, Lurchen aus irgendwelchen Höhlen in der Tiefe? Und wie tief war dieser See überhaupt? Und wenn es sogar Krokodile gab? Und wenn da Schlinggewächse waren und tückische Strudel?

Dieses Gefühl von absoluter Abhängigkeit, von Unterlegenheit, von demütigender Furcht! Konnte dieser Mann denn nicht froh sein, dass ich brav sitzen blieb im Boot? Wenn ich mich zum Beispiel umdrehte und aufstand, ihm das Paddel entriss und ihn über Bord boxte: na, was dann? Vielleicht war ich der ausdauernde Schwimmer und nicht er. Die Kälte des Vulkansees konnte ich am Ende weit besser ertragen als er, der an die Hitze gewöhnt war. Stimmte das nicht?

Ich weiß genau, dass er die Spannung, die zwischen uns entstanden war, genauso fühlte wie ich. Er hatte sie erzeugt, er wusste das und er hatte es so gewollt. Aber warum nur, warum nur? Ich bin mir auch sicher, dass er sich seiner Stärke bewusst war und sich an meiner Schwäche weidete. Bestimmt spürte er die Furcht, die mich erfasst hatte und die ich nicht zu erklären wusste. War dies denn nicht ein schöner Tag? War nicht die Tageshitze der Regenzeit angenehm zu ertragen auf diesem wunderbaren See? Gaben nicht andere Leute Geld dafür aus, um sich per Gondel oder Motorboot über irgendwelche Gewässer schippern zu lassen? Also!

Der Mann stieß jetzt lautmalende Töne aus zu seiner Melodie. Er ruderte hackend und ruckartig. Wieder schossen Vögel flach über den Wasserspiegel, doch es waren nicht die Bananenfresser. Das Ufer kam schnell näher. Woher nahm der Ruderer nur diese Kraft?

Ich begriff erst, als der Bug der Piroge längst auf dem Ufersand schrappte, dass ich jetzt an der Reihe war auszusteigen und das Boot an Land zu ziehen. Von der

Anstrengung brach mir erneut der Schweiß aus. Die Moskitos hatten mich wieder.

»Wir sollten ein Bad nehmen«, sagte der Mann. Er ließ die halblange Hose fallen und zog sich das Hemd über den Kopf. Sein schlanker dunkler Körper war von faszinierender Ebenmäßigkeit.

Wie mechanisch fing ich an mich auszuziehen.

Der Mann rannte durch das seichte Wasser und warf sich im Hechtsprung mit ausgebreiteten Armen in die Flut, dass ihn Gloriolen von schimmernden Tropfen geradezu schmückten. Mit ausholenden Kraulzügen schwamm er hinaus.

Ich tat es ihm nach, so gut ich konnte. Das Wasser kam mir, erhitzt, wie ich war, eisig vor. Die Haut brannte und ich konnte kaum atmen. Doch dann fühlte ich das Blut wohlig und kraftvoll pulsieren und fast hätte ich vor Lust laut geschrien. Ich schwamm eine weite Runde und kehrte erst zum Ufer zurück, als mir von der ungewohnten Anstrengung die Muskeln schmerzten. Ich kroch ans Ufer und schüttelte mich.

Der Mann war schon wieder angezogen. Ich fühlte seine Augen auf meiner blassen Haut. Da war auch ein lächerliches Schamgefühl. Ja, wirklich, ich wurde mir meiner Nacktheit bewusst.

»Sie sind der Bruder von Simon«, sagte der Mann.

»Sie sind Gérard.«

»Nicht Gérard«, lachte er, »sondern Mbwa ya nseke. Sie wissen, was das heißt?«

»Ja. Es heißt Schakal.«

»Erstaunlich, wie schnell Sie lernen!« Er zeigte mit dem Arm ganz präzise in eine Richtung den Hügel hinauf. »Diesen Weg müssen Sie gehen. Ich glaube, Sie finden dort alle Ihre Freunde!«

Ich gehorchte. Ich nahm nicht einfach den Weg, den er mir zeigte: Ich gehorchte. Als ich mich nach zwei, drei Schritten umdrehte, war der Mann verschwunden. Ich lief weiter den Hügel hinauf. Jenseits des Kammes fand ich Simon und die anderen, wie der Mann mir vorhergesagt hatte. Sie umstanden die Milchkuh im kleinen Korral. Die Kuh lag auf der Seite und war tot. Ihr Maul war schwarz von Fliegen.

»Rasmus hat sie gefunden«, sagte Simon. »Sie muss in der Nacht krepiert sein. Die Frage ist nur: Woran ist sie gestorben?«

René, Rasmus und Micha standen mit versteinerten Gesichtern.

Joseph saß im Gras.

Die Tänzer

Ein Bote des Mfumu brachte am Mittag die Einladung und wir alle waren verblüfft. Was hatte das zu bedeuten? Nach einer Zeit eisigen Schweigens plötzlich eine solche Botschaft!

»Vielleicht findet ein großes Friedenspfeiferauchen statt«, sagte Micha. »Ob sie unsere Hilfe brauchen?«

Doch sein Gesicht zeigte, dass er die Frage nicht ernst nahm.

Rasmus schwieg geradezu hörbar.

René sagte: »Natürlich nehmen wir die Einladung an. Oder ist einer von euch anderer Meinung? Und lasst uns jetzt nicht rumgeheimnissen. Wenn's 'ne Aufforderung zu 'ner Party wär, würden wir ja auch keine Show abziehen. Also. Sie wollen Tänze zeigen und wir schauen uns das an. Für Albert wird es bestimmt interessant sein. Und wir andern können ja wohl eine kleine Aufmunterung gebrauchen. Nach allem!«

Warum sagte Simon nichts? Er war den ganzen Nachmittag auffallend still, obwohl er Grund zur Freude gehabt hatte, denn seine Wassersuche hatte zumindest einen Teilerfolg gebracht. Der Einsatz für das Bohrfahrzeug aus Kenge war vorbereitet. Es würde sprudeln.

Eigentlich hatte ich gedacht, wir würden zu Fuß zum Dorf hinauf gehen, aber für die anderen war es völlig klar, dass wir den Wagen nähmen. Zwar mussten wir mit dem Unimog einen großen Umweg fahren, aber mir schien, dass die Geste des Vorfahrens eine Bedeutung hatte. War das eine Art Muskelprotzerei? Ein Statussymbol? Ein eingeübtes Spiel? Mir gefiel es nicht und ich sagte es auch. Micha meinte, es sei bloß wegen der Hitze und habe sonst nichts zu bedeuten. Wir konnten aber nicht ins Dorf hineinfahren. Eine Schranke aus rohen Balken versperrte den Fahrweg.

Die Männer schauten sich an.

»Völlig neue Sitten!«, knurrte René.

»Drück doch mal auf die Hupe!«, forderte Micha.

»Wenn das ein Zeichen sein soll, dass wir die Karre hier parken sollen, dann müssen wir das respektieren«, sagte Rasmus. »Vielleicht wollen sie keinen Automief im Dorf haben.« Er sprang ab. »Grad du solltest doch Verständnis dafür haben, René! Kehrst du nicht sonst immer den Öko-Freak raus?«

»Mir schmeckt das trotzdem nicht«, sagte Micha.

Simon war wortlos vom Wagen gestiegen. Ich folgte ihm. Warum nahmen die das nur so wichtig? Das Dorf lag doch vor uns. Die hundert Schritte würden wir ja wohl laufen können. Oder wurde da ein Auftrittritual durcheinander gebracht? Dass wir scharf beobachtet wurden, fühlte ich ganz deutlich.

»Los, gehen wir!« René sagte das entschieden und stampfte los.

Die Leute beachteten uns, aber sie kamen nicht, um Hände zu schütteln und nach Zigaretten zu fragen. So hatte mir Simon in einem Brief die Begrüßungsszenen im Dorf der Bapelende beschrieben. Nein, diese Leute hier riefen ihr Mbote, hoben auch die Hand zum Gruß, doch sie unterbrachen ihre Tätigkeiten nicht. Vor allem Micha schien davon irritiert zu sein.

Wir gingen wie im Gänsemarsch die Dorfstraße entlang. Es war nur ein festgestampfter Weg ohne Teer oder Asphalt, aber er hatte die Breite einer Straße. Querrillen, die zu den Gräben rechts und links führten, waren vermutlich gezogen worden, damit das Wasser des Nachtregens ablaufen konnte. Alles machte auf mich den Eindruck einer mir bisher unbekannten natürlichen Sauberkeit. Menschen, Häuser und Geräte strahlten eine unaufdringliche Farbigkeit aus. Mit der grauen Belanglosigkeit von Kenge un und Kenge deux hatte dies alles nichts gemein: Dieses Dorf war schön.

Bei meinem ersten kurzen Besuch hatte ich Hütten und Häuser nur von weitem gesehen. Jetzt erkannte ich die Ornamente, Friese und Dekorationen um Fensterhöhlungen und Türeinfassungen erst richtig. Da waren wiederkehrende Rautenmuster in vielfachen Variationen, gemalt in Erdfarben oder geschnitzt, die einem mir noch rätselhaften Ordnungsprinzip unterworfen waren. Vielfalt innerhalb eines gestalterischen Gesamtplans: So kam es mir vor. Und die Materialien waren einfach. Ich sah Holz, gewebte, gewirkte und geflochtene Textilien, Leder, Wolle und Felle, Schilf- und Weidengeflecht, Lehmziegel und Bruchsteine, Ton, Keramik und Kokosbast. Kaum irgendwo entdeckte ich Metall oder Glas. Die Frauen und Männer und Kinder bewegten sich wie schwerelos in ihren farbigen Hüfttüchern und Hemden. Ich musste unwillkürlich an die Szenerie für ein Musical denken. Natürlich und leicht alles, aber andererseits auch irgendwie ausgestattet und choreografisch gelenkt. Ich kann es nicht besser erklären und es war ja auch nur mein erster Eindruck. Aber dass wir in jeder Hinsicht unpassend wirkten, mussten wohl auch René und die anderen spüren. Anscheinend hatte sich in diesem Dorf manches geändert in den letzten Wochen, anders konnte ich Michas erstauntes Gesicht nicht deuten. Er und Simon und Rasmus und René waren doch vor nicht allzu langer Zeit hier ein und aus gegangen.

Erst jetzt merkte ich, dass Joseph nicht mitgekommen war. Was hatte das zu bedeuten? War ein Bayaka nicht willkommen bei den Bapelende? Oder gab es andere Gründe? Ich wollte Simon fragen, doch der machte mir ein Zeichen, jetzt nicht zu reden. Wir waren vor der ausladenden Hütte am Ende der Straße angekommen. In die Wände aus Zweig- und Reisiggeflecht waren Verzierungen aus Stroh und Lederbändern eingewirkt. Niemand brauchte mir zu sagen, dass dies das Haus des Mfumu war.

Der Älteste erwartete uns vor der Tür. Er trug ein

braun-gelb gestreiftes Hüfttuch und einen weißen Überwurf aus Wolle. Sein Gesicht hatte die Farbe und die Struktur einer verschrumpelten Kartoffel. Er hielt einen Wedel aus Gnuhaaren in der Hand.

»Mbote, Mfumu«, grüßte René.

»Mbote, René.«

Dann gab der Mfumu uns allen die Hand, er verhakte dabei seinen Daumen mit unseren Daumen. Das Händereichen ging in ein rhythmisches Händewiegen über. Seine Hand war klein und leicht. Mit einer Kopfbewegung forderte der Mfumu uns dann auf, sein Haus zu betreten.

Um den runden Tisch, der aus dunklem Hartholz gehauen war, standen mehrere Stühlchen, die wie Melkschemel aussahen. Wir setzten uns. Als sich meine Augen an das Dämmerlicht im Raum gewöhnt hatten, sah ich das Leopardenfell an der Wand und das Speerbündel im Ledertrog in der Ecke. Eine schweigende Frau unbestimmbaren Alters servierte uns geschnitzte Holzschalen mit einer milchigen Flüssigkeit. Simon sagte mir, dass es Palmwein sei.

Nachdem der Mfumu etwas gesagt hatte, was ich nicht verstand, und uns zugetrunken hatte, griffen auch wir nach den Schalen. Der Wein schmeckte sehr süß und sehr harzig. Ich mochte ihn nicht.

»Santé!«, rief Simon überlaut und fing sich einen strafenden Blick von Rasmus ein. Doch Simon grinste nur und trank seine Schale leer. Dann putzte er die Brillengläser an seinem Hemd.

Der Mfumu und René redeten in Kikongo und ich verstand natürlich kein Wort. Auch Micha und Simon schienen nicht viel von dem Gespräch mitzubekommen. Rasmus allerdings hörte aufmerksam zu und half René dann und wann mit einem Wort aus, wenn der nicht weiterkonnte. Der Mfumu sprach jedoch nur mit René, als wäre dies ein Gespräch auf Häuptlingsebene. Dann sah ich, dass sich Rasmus' Gesicht verfinsterte.

René blinzelte uns Signale zu, die zumindest ich nicht verstehen konnte. Er sagte: »Der Mfumu bittet euch, schon mal vorzugehen zum Tanzplatz. Er möchte mit mir allein reden. Also geht schon!«

Micha schimpfte halblaut vor sich hin, Rasmus kniff die Lippen zusammen. Simons Gesicht schien ausdruckslos. Wir gingen nach draußen. Die blinde Sonne stand schon tief am Horizont. Eine Schar junger Männer nahm uns in die Mitte und führte uns auf den Waldrand zu. Der Tanzplatz hatte ungefähr die Ausmaße einer Zirkusarena. Auf den Erdwällen ringsherum hockten Frauen, Kinder und alte Männer. Die jungen Männer, alle in farbigen Tüchern, saßen auf einer Art Gegentribüne, die aus einem Kletterrost aus armdicken Baumstämmchen gefügt war. Uns führte man zur Ehrentribüne. Wir mussten ein bühnenartiges Podium besteigen, auf dem blütengezierte Sessel mit geflochtenen Sitzflächen aufgestellt waren. Die Leute schauten uns unverwandt an. Ich hörte Kinder kichern und flüstern. Die Erwachsenen waren auffallend still. So saßen wir wie auf dem Präsentierteller und warteten auf René und den Mfumu. Ich fühlte mich sehr unbehaglich.

Wir mussten ungefähr eine halbe Stunde warten, bis sie kamen. Der Mfumu nahm bei den jungen Männern Platz, René ging quer über die Tanzfläche und wuchtete seinen schweren Körper auf das Podium hoch. Dann ließ er sich in seinen Sessel fallen.

»Schöne Scheiße!«, hörte ich René zischen.

Zwei kleine Holzstöße wurden in Brand gesetzt. Eine Trommel polterte im Hintergrund los. Und dann betrat ein Mann auf hohen Stelzen das Rund. Ich fand seinen Auftritt albern. Von einem Blatt Papier las er eine Botschaft ab, sprach zuerst in Kikongo, übersetzte dann ins Französische. Dass die hohen und ehrenwerten Gäste aus dem fernen Europa willkommen seien zu diesem Tanzfest, das zu ihren Ehren veranstaltet werde, verkündete er theatralisch. Er verbeugte sich so tief, wie es die Stelzen zuließen, und stakste davon. Zum Rumpeln der schweren Trommel gesellten sich nun nach und nach andere Schlaginstrumente, hellere, aggressivere, härtere Klänge kamen hinzu. Dann zogen die Musikanten in langer Schlange ein. Die Zuschauer bewegten sich im Takt der erregenden Rhythmen und stießen leise Summtöne aus.

Ich sah, dass die Trommler sich die Gesichter mit hellen Streifen bemalt hatten. Sie trugen Perlenbänder um Stirn, Oberarme und Handgelenke. Einige hatten sich Schlangenhäute um den Hals gewunden. Die Zirptöne wurden von einem einsaitigen Streichinstrument mit großem Kürbisbalg erzeugt. Der Gegenrhythmus kam von Kokosnussrasseln. Sie schlugen die fellbespannten Trommeln und Gorongs mit den Handflächen. Einer stieß von Zeit zu Zeit in ein Kuduhorn. Sie hatten auch seltsame Tanztrommeln, die mit Eisenholzschlegeln zum Klingen gebracht wurden: armlange Trommeln und dick wie Ofenrohre, deren Körper aufgeschnitten waren und so eine hell tönende und eine dunkel tönende Hälfte, Frauenstimme und Männerstimme, wechselweise erschallen ließen. Die Hälse dieser Trommeln, sehr lang und sehr schlank, gingen in stilisierte Menschenköpfe über. Vor den flackernden Feuern gerieten die Leiber der Trommler ins Zucken. Es war jetzt, als ob alle Anwesenden wie ein einziger großer Körper den Rhythmus aufnahmen. Nur wir saßen auf der Ehrentribüne und gehörten nicht dazu.

Ich weiß nicht, was meinen Blick plötzlich ganz zur linken Seite der Runde zog. Vielleicht hatte Simon eine jähe Bewegung gemacht, vielleicht aber hatte ich unbewusst längst nach ihr ausgeschaut. Sie stand in ihrem tintenfarbenen Gewand an einen Baumstamm gelehnt und schaute zu uns her. Nein, falsch, sie schaute nicht zu uns: Sie schaute Simon an. Ihr lächelndes Gesicht war so schön, dass mir der Atem stockte. Das Schlucken tat weh. Ich nahm die Trommeln kaum noch wahr. Nur sie sah ich, nur sie.

Mbuluku. Wahrscheinlich flüsterte ich das Wort sogar.

Femme noire. Ich wusste die Worte noch. Gazelle aux

attaches célestes, les perles sont étoiles sur la nuit de ta peau. Gazelle mit himmlischen Fesseln, die Perlen sind Sterne auf der Nacht deiner Haut. Solche Bilder: die Nacht deiner Haut! Und Simon hatte weiter übersetzt: Im Schatten deines Haares erhellt meine Angst sich, nah deinen Sonnenaugen.

Ach, Simon! Bruder, der mir so fremd geworden war. Was fühlte er jetzt? Das Weiß ihrer Augen leuchtete. Sie stand allein da am Baum. Die anderen Leute hatten nur Blicke für die Musikanten. Das, was da zwischen Simon und der schönen Frau geschah, schien niemanden zu interessieren. Gekleidet in deine Farbe, die Leben ist …

Als der Mann hinter dem Baum hervorkam, schien Simon zu Stein zu erstarren. Gérard, der Schakal. Mbwa ya nseke. Der Mann legte seine Hand in die Halsbeuge der Frau. Sie ließ es geschehen. Ihre Augen waren jetzt zu den Trommlern gerichtet, sie schauten nicht mehr zu Simon her. Die Gazelle und der Schakal standen Körper an Körper, Haut an Haut. Simons Träume. Heute, ja, heute weiß ich alles.

Aber an diesem Abend, als die Musikanten ihre Tamtams schlugen und wie berauscht die Finger tanzen ließen, da dachte ich noch den schönen Worten nach: Tamtam sculpté, tamtam tendu qui grondes sous les doigts du Vainqueur. Geschnitztes Tamtam, gespanntes Tamtam, welches murrt unter den Fingern des Siegers …

Die schöne Frau stand jetzt wieder ganz allein da. Gérard war nicht zu sehen. Die Trommler gaben die Fläche frei, weil die Tänzer ihren Auftritt hatten. Es dunkelte schon stark. Die Dunkelheit kommt sehr plötzlich in der Regenzeit.

Ungefähr zwanzig junge Männer tänzelten in versetzter Reihe in den Kreis und ließen den Oberkörper im Rhythmus vor- und zurückschnellen. Sie schwenkten Tanzwedel aus Tierschwänzen. Lachend winkten sie uns zu, kamen näher und näher, quirlten durcheinander und formierten sich dann zur breiten Reihe vor der Empore, auf der wir saßen. Sie verbeugten sich und breiteten demütig die Arme aus. Die hellen Handflächen zeigten nach oben, als erwarteten die Tänzer Geschenke oder milde Gaben.

Ich begriff es erst jetzt!

Sie verhöhnten uns, zeigten uns ihren Spott, spielten Theater mit uns, führten uns vor, machten uns lächerlich! Und all die Zuschauer kannten das Spiel und genossen es. Die weißen Herrscher auf den Thronen. Demütig liegen die Wilden vor ihnen im Staub und beweisen ihre Unterwerfung. Die primitiven Sklaven, auf Zuckerbrot oder Peitsche der Eroberer wartend. Sie suhlten sich geradezu in der Rolle der Unterwürfigen und uns hatten sie die lächerliche Rolle der Paschas zugeschanzt. Als wir es merkten, war es zu spät, da wurden wir schon als Karikaturen verlacht. Ich war vermutlich der Letzte, der die Posse durchschaute. Ich hätte vor Zorn und Verletztheit heulen können. Aber warum waren René und die andern in die Falle gegangen? Rasmus, der große Afrikakenner, hätte doch rechtzeitig merken müssen, welches Spielchen hier mit uns gespielt werden sollte.

Jetzt war es zu spät.

Mildernde Umstände für Simon? Sicher! Der verliebte Traumtänzer konnte doch die Falle nicht wittern. Ich hätte jetzt so gern meine Hand auf Simons Arm gelegt, aber ich traute mich nicht. Er tat mir so Leid und ich konnte es ihm nicht sagen. Keine Sekunde zweifelte ich daran, dass Gérard der Initiator und Regisseur dieser bösen Komödie war. Er schickte nun andere Tänzer in den Ring. Ein Kind oder ein Zwerg musste unter der Maskerade aus Bast und Stroh stecken. Die Figur des Tänzers war ganz verhüllt. Nur die Füße, an denen Schellen klirrten, waren zu sehen. Auf dem Kopf trug die Gestalt merkwürdige Federgebilde, die wie Hörner aussahen. Dann wirbelte der Tänzer los, dass mir der Atem stockte. Nein, keine devote Demutshaltung mehr! Dieser Irrwisch fegte über den Sand, dass ich kaum so schnell hinschauen konnte, wie seine Füße den Boden trommelten. Lebenslust, Kraft, unbändige Energie, aber auch blanker Hohn und so etwas wie Gelächter spiegelten sich in seinen Bewegungen. Die Zuschauer jauchzten, die Musikanten waren in Schweiß gebadet. Ihre nassen Leiber glänzten vor den Feuern. Der kleine Tänzer tanzte endlos und schien nicht müde zu werden. Hingerissen folgte ich seinen Sätzen und Sprüngen und Kapriolen. Als er dann endlich den Kreis verließ, schrie das Kuduhorn schrill.

Zwei muskulöse Athleten, die nur Lendenschurze trugen und weiße Tücher wie Helme um die Köpfe gebunden hatten, sprangen in die Arena. Ihr ekstatischer Tanz stellte zweifellos einen Zweikampf dar. Geschmeidig und kraftstrotzend umsprangen sie sich und schwangen dazu imaginäre Schwerter. Die Trommeln veränderten den Rhythmus. Monotones Dröhnen erfüllte alles. Die Menschen hatten die Münder zu einem schier endlosen Ruf geöffnet. Es klang wie Triumphgeheul, ebbte ab und schwoll an, je nachdem, ob die beiden Tänzer aufeinander zusprangen oder sich voneinander entfernten. Fasziniert nahm ich das, was um mich geschah, zwar wahr, doch es war seltsam gefiltert, als befände ich mich in Trance. Meine Beine schmerzten vom Zusehen. So etwas hatte ich noch nie erlebt.

Ich glaube, die Leute hatten uns inzwischen vergessen. Sie hatten ihren Spaß mit uns gehabt. Nun waren wir überflüssig. Die jungen Männer, die zuerst aufgetreten waren, drehten, fast auf der Stelle stampfend, eine Runde. Sie hielten ein Leopardenfell zwischen sich wie eine Olympiafahne. Es kann gut sein, dass es das Fell war, das wir in der Hütte des Mfumu gesehen hatten. Als sie verschwanden, wurde es ganz still.

»Jetzt kommt die große Maske«, flüsterte Rasmus.

Ein leises Raunen ging durch die Menge der Bapelende. Nur ein einzelnes Tamtam klang dumpf und leise. Die Feuer waren niedergebrannt. Die riesengroße Tanzmaske, weit größer als die, die ich in Rasmus' Zimmer gesehen hatte, schien zu schweben. Der Mann, der sie trug, musste Wahnsinnskräfte haben. Seine Füße waren in der Dunkelheit nicht zu sehen und so war es das große helle Gesicht der Maske, das da einen gespenstischen Tanz tanzte. Die Maske strahlte weder Güte noch Bösartigkeit aus. Sie war voll gelassener Ruhe, voll magischer Gleichgültigkeit. Dreimal schwebte die Maske am Rand des Tanzplatzes entlang. Dann schwieg die Trommel. Der Träger der schweren Maske brach zusammen. Niemand rührte sich. Erst auf den Ruf des Kuduhorns schritten die jungen Männer herein und hoben die Maske auf. Dann leerten sich allmählich die Ränge. Die Menschen gingen wie beklommen nach Hause. Trotz der Dunkelheit konnte ich erkennen, dass der Platz unter dem Baum, wo die schöne Frau gestanden hatte, nun leer war.

Niemand kümmerte sich um uns.

Steifbeinig kletterten wir von unserer lächerlichen Ehrentribüne und reckten die verspannten Gliedmaßen. Vom Dorf her klang Stimmengemurmel. Doch wir brauchten nicht mehr zum Dorf zu gehen. Rasmus führte uns durch das Unterholz zu der Schranke, bei der unser Unimog parkte.

»Guckt erst mal nach, ob sie uns keine Schlangen auf die Sitze gelegt haben«, forderte Micha gallig. »Und schaut nach den Reifen!«

Keiner antwortete, es schaute auch keiner nach. Wir stiegen ein. René saß am Steuer. Wie auf Kommando zündeten die anderen sich Zigaretten an. Ich hockte auf der Ladefläche und saugte mir die kalte Abendluft in die Lungen. Ein paar Sterne waren zwischen den Wolkenbänken zu sehen. Nach einer Viertelstunde erreichten wir das Camp. Die funzlige Notbeleuchtung wirkte erbärmlich. Der Generator wimmerte.

René füllte im Gemeinschaftshaus jedem das Wasserglas mit warmem Gin. Ich tauchte die Zunge in den scharfen Schnaps und schüttelte mich. Alle sahen erwartungsvoll auf René.

René trank sein Glas leer. »Ich will's nicht spannend machen, Freunde. Die Lage ist beschissen. Der Mfumu fordert sozusagen Rassentrennung. Seine Leute meiden in Zukunft unseren Bereich einschließlich der Kuhweiden und Bohrstellen und für uns sind Dorf, Wald und Maniokäcker tabu. Begegnungen zwischen Schwarz und Weiß sind fürderhin unerwünscht. Peng. Keine Seite mische sich bittschön in die Belange der anderen Seite. Andernfalls ist Ärger zu erwarten. Der Mfumu meint das bitterernst.«

»Nicht der Mfumu. Gérard!« Rasmus stürzte den Gin hinunter.

»Logisch«, sagte René. »Der Mfumu ist längst eine Marionette. Der Schakal kann ihn jederzeit um jeden beliebigen Finger wickeln. Das ist die Lage, mit der müssen wir uns abfinden. Seit Gérard das Sagen hat, hat die gute Nachbarschaft einen Sprung gekriegt. Wer nimmt noch 'nen Schluck?« René füllte nach.

»Was die zwischenmenschlichen Beziehungen betrifft, um das mal so zu formulieren«, sagte Micha lauernd und schaute zu Simon hinüber, der am Glas nuckelte, »sollen da keinerlei Ausnahmen gestattet werden?«

Ich hätte Micha umbringen können. Dass der so gemein quatschte! Ich dachte: Mensch, Simon, spring auf und hau ihm in die Fresse! Mach was, los! Er hat kein Recht so zu labern. Aber Simon reagierte nicht.

René stellte sich dumm. »Doch. Ausnahmen soll's geben. Offizielle gegenseitige Einladungen zu kulturellen Begegnungen. So wie heute Abend. Aber wenn ihr mich fragt: Darauf scheiße ich. Für die nächsten hundert Jahre hab ich den Kanal gestrichen voll von solchem Hokuspokus. Übrigens, was Hilfskräfte betrifft, also, da haben wir von den Bapelende endgültig nichts mehr zu erwarten. Wenn die Kälber da sind, dann stehen wir herrlich auf dem Schlauch. In diesem Sinne: Prost!«

»Wo ist Mpunda eigentlich?«, fragte Rasmus plötzlich.

»Der pennt«, sagte Micha.

»Ich schau mal nach.« Simon ging hinaus.

Ich merkte, dass sie jetzt gern über Simon geredet hätten. In meiner Gegenwart wollten sie es offenbar nicht tun. Also schwiegen sie – und soffen. Mücken waren mit uns hereingekommen. Micha ging mit der Fliegenpatsche auf Jagd.

Dann kam Simon zurück. »Er ist weg. Der Jeep auch.«

»Mahlzeit!«, fauchte René.

»Ich hab's die ganze Zeit erwartet«, sagte Rasmus.

»Warum hast du uns dann nicht vorgewarnt?«, schrie Micha.

»Ich war mir nicht sicher.«

»Er war sich nicht sicher!« Micha äffte Rasmus nach.

»Er war sich nicht sicher! Mann, du kannst Operetten labern! Wo kriegen wir jetzt Leute her?« Er wedelte mit der Fliegenpatsche herum. »Das sag mir mal einer! Langsam dreh ich durch. Bin ich denn im Tollhaus?«

»Fuchtel nicht mit dem Scheißding vor meiner Nase rum«, sagte Rasmus, »und hör auf, den wilden Mann zu spielen. Wenn wir alle durchdrehen, können wir gleich einpacken. Wir müssen die Lage jetzt in Ruhe überdenken.«

»Ich will die Lage aber nicht in Ruhe überdenken!«, schrie Micha. »Mir gehen da gewisse Fragen durch den Kopf!« Angriffslustig starrte er Simon an. Der Alkohol begann zu wirken.

»Seit wann ist der Pickel an deinem Hals denn ein Kopf?«, fragte Simon und stand auf. Er war eindeutig auf Streit aus. Die Erlebnisse des Abends hatten an seinen Nerven gezerrt und nun brauchte er ein Ventil.

René haute auf den Tisch, dass die Gläser schepperten. »Schluss, verdammt! Reißt euch am Riemen! Bin ich denn von Kindsköpfen umstellt? Ruhe, Jungs, jetzt bloß Ruhe! Morgen besprechen wir die Situation. Wir sind alle überdreht und übermüdet. Haut euch hin. Die Nachtwache übernehme ich.«

Rasmus nickte und ging hinaus, doch Sekunden später kam er zurückgehastet. Seine Besonnenheit war zum Teufel, seine Hände flatterten. »Der Nkoshi ist weg!«

»Joseph hat sich ein Andenken mitgenommen.« René lachte rau.

»Nicht Joseph!« Rasmus schüttelte den Kopf. »Joseph

hatte immer Schiss vor der Figur. Nein, nein, der war's bestimmt nicht.«

»Meinst du, die Leute aus dem Dorf haben ihn geklaut?«

»Nicht geklaut, Simon, nicht geklaut! Die haben ihn zurückgeholt. Verstehst du den Unterschied? Und jetzt wissen wir es ganz genau, dass die Brüder es verdammt ernst meinen.«

Micha lachte hysterisch.

René zog den Regenmantel über und griff nach dem Gewehr.

»Ich gehe mit dir«, sagte Rasmus entschieden. »Es ist besser, wenn wir heute Nacht zu zweit draußen sind. Ich traue dem Braten nicht. Ich schätze, du bist einverstanden, oder?«

René nickte. Er schien erleichtert zu sein, wollte es aber wohl nicht eingestehen. »Des Menschen Wille ist sein Himmelreich. Wenn's dir solchen Spaß macht, dann komm mit.«

Inzwischen hatte der Regen eingesetzt.

Waldblumen

Simon brauchte es mir nicht eigens zu sagen: Ich ging zu seiner Behausung und legte mich in sein Bett. Den Koffer hatte ich noch immer nicht ausgepackt. Ich nahm es fast gleichgültig wahr. Und gleichgültig registrierte ich auch, dass das Bändchen mit Gedichten verschwunden war. Hatte Simon herausgekriegt, dass ich seine Übersetzung gelesen hatte? Fühlte er sich vielleicht verletzt in seiner privaten Sphäre? Ach, Simon, alter Plattfußindianer, ich wär doch der Letzte, der dich verletzen wollte! Aber warum hast du dich mir so entzogen? Mit solchen Gedanken schlief ich ein. Ich hatte das Zimmer nicht nach Schlangen abgesucht. Das Moskitonetz war nur nachlässig zugezogen. Ich schlug im Schlaf nach den Mücken.

Und der Regen fiel und fiel und fiel. Trommelte auf das Blechdach, gaukelte mir böse Trommelspiele in den Traum, hämmerte mir wirre Geschichten von Maskenmenschen mit züngelnden Schlangen in den Händen und Gewürm an den Füßen in den unruhigen Schlaf. Ich kämpfte so sehr gegen die hüpfenden Schatten an, dass mir die Gelenke schmerzten, und traf vielleicht ein paar Mücken. Das waren keine zusammenhängenden Bildfolgen, das war eine beunruhigende Collage scheinbar willkürlich zusammengeklebter Filmstücke ohne jegliche Logik und doch erzeugte jedes Bild im Grunde das gleiche Signal: Angst! Wenn ich verschwitzt und nach Luft ringend aufschreckte, konnte ich mich immer nur ungefähr an den Alptraum erinnern, ich wusste aber genau, dass die Gefahr und die Bedrohungen stets nur meinem Bruder galten und nicht mir. War ich vielleicht in der Nachthälfte dieses Tages in seine Existenz geschlüpft? Ja, ich träumte seine Angst. Ich weiß es!

Manchmal schlug ich die Augen auf und wusste zuerst nicht, wo ich war. Dann glaubte ich in der Schwärze des Raumes etwas Wolkiges zu sehen, das noch dunkler war als das Schwarz. Das absolute tote Dunkel. Da lauerte etwas! Doch wenn ich dann das Licht anknipste, war ich allein im Zimmer. Durst quälte mich. Ich dachte auch: So in eine Zelle gesperrt zu sein, auf deren Dach unentwegt das Wasser fällt, eindrischt, zuschlägt: Da würde ich verrückt in kürzester Zeit. Ich war Gérard die Antwort schuldig geblieben, als er mich gefragt hatte, ob ich in diesem Land leben könnte. In diesen Nachtstunden fand ich die Antwort. Ich würde es nicht können.

Die Stille weckte mich am Morgen. Das jähe Nachlassen des lauten Geräusches. Der Regen hatte aufgehört. Vor dem kleinen Fenster stand grünliche Dämmerung. Obwohl mir jeder Knochen weh tat, stand ich auf und humpelte in die Duschkabine. Das Wasser prickelte kalt auf der Haut.

Ich wurde die Vorstellung nicht los, dass in der Nacht außer mir noch jemand im Raum gewesen war. Und wenn! Ich ärgerte mich über mein Herzklopfen, zog mich an und ging nach draußen. Vom Wald her klang das Keckern der Vögel, die vom Frühlicht aufgeweckt worden waren.

Ob die anderen jetzt erwarteten, dass ich Josephs Stelle einnahm – so gut es ging? Es wunderte mich, dass die Tür zur kleinen Küche nicht verschlossen war, dabei hätte ich doch längst wissen müssen, dass in diesem Land Schloss und Schlüssel keinen Schutz bieten. Hier brauchte man eine ganz andere Sicherheit, wenn man es nicht schaffte mit der Unsicherheit zu leben. Am sichersten war es, gar nicht erst herzukommen, wenn man nicht stark genug war mit der Furcht zu leben.

Es dauerte eine Weile, bis ich mit dem komischen Kocher zurechtkam, bis ich die Salzfleischbüchse geöffnet und die verklebten Brotscheiben aus der Folie gefummelt hatte. In den Milchkaffee rührte ich noch zusätzliches Kaffeepulver, damit er nicht so labbrig wie sonst würde. Dass ich die Plastikverpackung der Konfitüre schon geöffnet hatte, war ein Fehler. Das Zeug zog wie verrückt die Fliegen an. Ich trug dann alles in den Gemeinschaftsraum hinüber, leerte dort die Aschenbecher und räumte die Gläser mit den Ginresten weg. Als ich Tür und Fenster zum Auslüften aufreißen wollte, erschien Micha mit verkatertem Gesicht.

»Bist du wahnsinnig, Albert? Lieber Gestank als Moskitos! Also hopp, mach die Luken wieder dicht!«

»Dass Rasmus und René noch nicht kommen«, sagte ich.

»Die kommen schon. Was ist denn mit dem Kaffee los?«

»Ich habe ihn etwas stärker gemacht.«

»Bäh! Was sollen denn die neuen Sitten?«

Am liebsten hätte ich ihm den Kaffee über seinen ungekämmten Schädel gekippt. Kein Dankeschön, dass ich das Frühstück gemacht hatte, aber Genörgel. Micha drehte muffelnd am Radiogerät herum.

Von Simon hatten wir nicht gesprochen. Seltsam, ja, doch ich hatte erkannt, dass hier das Schweigen die allgemeine Taktik war. Aber er war es, der dann hereinkam und Blumen mitbrachte, winzige, fast farblose Waldblumen, silbrige Sternchen. Er stellte sie in ein Wasserglas und ging damit zur Regenwassertonne. Micha schaute ihm mit offenem Mund nach.

Bald hörte ich Motorengeräusch. Laute Stimmen draußen. René knallte Regenzeug und Gewehr in die Ecke und wuchtete seinen Körper hinter den Tisch. Er sah entsetzlich übermüdet aus. Ich schüttete ihm Kaffee ein. Er trank gierig und sagte nichts.

Rasmus, der Minuten später erst hereinkam, sagte zuerst auch nichts. Erst auf Michas Frage rückte er zögernd mit der Neuigkeit heraus, dass ihm der Jungbulle Sorgen mache. »Die Entzündungen an den Hoden sind ein Klacks. Das krieg ich schon wieder hin. Jetzt geht's um andere Entzündungen. Innendrin. Die Lungen hat's erwischt. Weiß der Teufel, was dahinter steckt. Ich bin mit meinem Latein am Ende. Er spricht auf die Antibiotika nicht an. Vom Chloromycetin hat er das große Kotzen gekriegt. Und er hustet sich fast die Lungen raus. Wenn ihr mich fragt, der Herkules macht's nicht mehr lange.«

»Wenn er sich zu sehr quält, müssen wir ihn erschießen. Ich will nicht, dass er unnötig leidet. Aber das muss Rasmus entscheiden.« René gabelte angewidert Salzfleisch aus der Dose. »Ich muss nachher nach Kenge. Will jemand mit?«

»Wieso musst du nach Kenge?«, fragte Simon.

»Witzbold! Wegen Joseph zum Beispiel. Und wegen des Jeeps. Ich melde den Wagen als geklaut. Außerdem muss die Provinzialregierung helfen, dass wir von irgendwoher Arbeitskräfte bekommen. So geht es nicht mehr. Wir sind jetzt an einem Punkt, wo ich die Verantwortung nicht mehr ...«

»Diese Flaschen willst du um Hilfe angehen?« Micha schlug empört die Handflächen auf die Tischplatte. »Staatlich konzessionierte Arschlöcher, die sie sind! Meinst du nicht, die Missionare könnten uns helfen?«

»Nein, mein ich nicht. Und ich will mir später nicht den Schuh anziehen müssen, dass wir hier gemauschelt hätten. Mpundas Abgang und den verschwundenen Jeep, also, so was muss ich offiziell anzeigen. Da gibt es keine Diskussion. Ist das klar?«

»Jetzt auf einmal«, sagte Micha leise.

Mir wurde an diesem Vormittag klar, dass die vier Männer aufgehört hatten an den Erfolg ihres Projektes zu glauben. Da war kein Aufbegehren mehr. Die brachten auch nicht mehr die Wut auf, sich gegen die Katastrophe zu stemmen. Ich will nicht sagen, dass sie sich abgefunden hatten, doch ihr Widerstand war gebrochen, ohne dass sie es vor sich selbst und vor den anderen eingestehen wollten. Vielleicht verfügt jeder nur über ein genau zugemessenes Quantum an Glaubensfähigkeit. Und zu all dem noch dieses verdammte Klima!

Ja, sie kümmerten sich um ihre Aufgaben und gingen ihren Tätigkeiten nach. Aber ob sie Bodenproben analysierten, Graskeime mikroskopierten, Tuberculostatica mixten: Sie leisteten Dienst, sie verwalteten, aber sie agierten nicht mehr. Ihre Phantasie hatte Schaden gelitten.

Ich hatte keine Lust mehr, mit René nach Kenge zu fahren. Simon war eindeutig erleichtert, als ich erklärte, den Morgen für mich allein verbringen zu wollen. Was mich anzog, weiß ich nicht, wusste ich sicher auch damals nicht, doch ich nahm ohne zu zögern den Weg in den Wald. Was ging mich das an, dass gewisse Gebiete für gewisse Leute tabu sein sollten. Mit der Versuchsfarm und ihren Problemen hatte ich nichts zu tun, mit den Bauchschmerzen der Bapelende und ihres Mfumus erst recht nichts und Gérard konnte mich mal kreuzweise! Ungefähr in solch einer Stimmung tastete ich mich unter den Baumgiganten, in deren Asthöhlen Schmarotzerpflanzen wucherten, durch das Unterholz.

Häherartige Vögel beschimpften mich. Einmal sah ich auch eine Baumschlange hastig verschwinden. Wegen der aufkommenden Hitze ging ich ganz langsam. Dann entdeckte ich die winzigen Waldblumen. Solche Blumen hatte Simon in das Wasserglas gestellt. Hätte ich mich jetzt wundern müssen?

Vielleicht gibt es das wirklich, dass Menschen, die sich nahe stehen, die gleichen Gedanken denken und die gleichen Gefühle fühlen können. Bei Zwillingen, vor allem bei eineiigen, soll das so sein. Ich bin bei solchen Behauptungen eher ungläubig, außerdem konnte man wirklich nicht sagen, dass Simon und ich uns auf irgendeine Weise nahe waren: Die Zeiten waren wohl endgültig vorbei. Trotzdem! Trotzdem hatte ich jetzt keinen Zweifel, dass ich seinen Weg ging. Das lag nicht nur an den Waldblumen. Das lag an Zeichen, die außerhalb des Sichtbaren zu suchen waren. Rasmus lachte nicht über den Nkoshi. Kees, der Missionar, auch nicht. Manches ist mit unseren Sinnen nicht zu erfassen, aber ich bin dennoch nicht bereit, so etwas *übersinnlich* zu nennen. Vielleicht gibt es Sinne, die bei uns verkümmert sind, beim einen mehr, beim andern weniger, die aber von Zeit zu Zeit in den Bereich zwischen dem Unbewussten und dem Bewussten eindringen und ihre Existenz beweisen. Genauso gut kann es sein, dass ich mir das alles auch nur einbilde.

Damals bildete ich mir jedenfalls dies ein: Ich ging auf Simons Fährte durch den Wald. Mit schlafwandlerischer Sicherheit bog ich vor modernden Baumruinen und Erdbrüchen und Dornendickichten in die richtige Richtung. Da war eine Kompassnadel in mir, die mir die Marschzahl wies. Ich machte mich ganz leicht und dachte nicht einen Augenblick lang nach, sondern ließ mich einfach treiben. Der Waldboden federte unter meinen Füßen. Es war ein schönes Gefühl.

Ich entdeckte das Zelt zwischen den Farnen erst, als ich unmittelbar davor stand. Es war aus Plastikhaut. Waldblumen mit beinahe farblosen Blütensternen überall, doch wenn man sich bückte und genau hinschaute, sah man, dass sie silbern waren. Zwischen den Blumen und den Farnen stand das kleine Zelt. Wieder fühlte ich die Scheu, in jenen Bereich meines Bruders ungefragt eingedrungen zu sein, in den man ihm nicht folgen durfte. Schon gar nicht ich! Aber ich schaute in das Zelt hinein. Da gab es nichts außer Matten mit Rautenmustern. Mir war zum Heulen.

Femme noire! Femme noire! Ach ja, die schwarze Frau!

Nackte Frau, dunkle Frau. Ich hatte Simons Übersetzung gelesen und erschrak jetzt, ohne zu wissen, warum. Simon hatte geschrieben: Reife Frucht mit festem Fleisch, dunkle Ekstasen des schwarzen Weines, Mund, der meinen Mund singend macht.

Heute weiß ich, dass Simon einen schwerwiegenden Übersetzungsfehler begangen hat, aber man darf ihm den nicht ankreiden, denn er konnte es nicht besser wissen. Was ich heute weiß, wusste er damals nicht. Femme obscure: dunkle Frau. Schon gut, ich weiß, kein

Lehrer hätte das als Fehler angestrichen. Nur ich, ich weiß es besser! Femme obscure: finstere, unbekannte Frau, undeutliche Frau. Ich behaupte, dass diese Übersetzungen richtiger sind, obwohl ich weiß, dass man das Wort *richtig* nicht steigern kann.

Aber dass dieses erbärmlich kleine Zelt solche Gedanken bei mir auslöste! Oder bringe ich da etwas durcheinander? Die Gedanken von damals und die von heute?

Mein Hirn war so zugekleistert, dass ich weiterlief und die gespannte Liane erst sah, als ich schon stolperte, und dann traf mich der Schlag. Es war ein Ruder, das nahm ich noch wahr, bevor ich stürzte. Dann hatte ich einen Blackout und fiel viele tausend Meter tief.

Es waren vier junge Männer. Sie hockten vor mir und betrachteten mich aufmerksam. In meinem Schädel summte der Schmerz wie ein Hornissenschwarm. Die Augen taten noch nicht mit. So musste ein Kurzsichtiger ohne Brille seine Umwelt sehen, wie ich jetzt die vier Gesichter, die Baumrinden, das Licht über dem Blätterdach und meine eigenen Hände anstarrte. Dass ich auf dem Rücken lag, war mir klar. Hin und wieder hatte ich im Sinne des Wortes einen Lichtblick und sah alles deutlich. Da merkte ich auch, dass die vier zu den Tänzern gehört hatten. Ich musste mich furchtbar anstrengen beim Denken.

Ich dachte zum Beispiel: Wieso haben diese Männer am Vormittag Zeit mir aufzulauern und mich niederzuschlagen? Das ist doch Arbeitszeit! Aber was arbeiten die? Im Camp und auf der Versuchsfarm arbeitet keiner. Wollen die nicht, dürfen die nicht – Faden gerissen. Das bisschen Ziegenhüten kann es doch nicht sein. Auch nicht das bisschen Fischen vielleicht auf dem Ngwari-See. Also was? Unkraut jäten auf den Maniokfeldern? Dass ich nicht lache! Da musste doch etwas ganz anderes sein, verdammt! Wirklich, ich lag da, konnte kaum richtig aus den Augen schauen und machte mir Gedanken darüber, was diese Männer eigentlich taten im Laufe des Tages. Dass sie untätig waren, konnte ich mir nicht vorstellen. Welches Spiel spielte Gérard, der Schakal? Wie war der Name noch? Ja, ja: Mbwa ya nseke. Die Gedanken funktionierten wieder richtig. Die Frage ließ mich nicht los: Was taten diese Männer und die anderen Männer des Dorfes? Da war doch etwas in Bewegung geraten!

Als ich aufstehen wollte, packten sie mich. Sachlich, leidenschaftslos: So gehen Polizisten mit Promillesündern um. Also mit einer Spur fürsorglichen Verhaltens: Der Kerl ist zur Zeit nicht ganz ernst zu nehmen. Meinen schwächlichen Widerspruch nahmen sie kaum zur Kenntnis und zum Wehren war ich viel zu schlapp. Einer stülpte mir den Hut, den ich verloren hatte, über den Schädel. Wir brauchten nicht weit zu gehen. Der Chef war schon informiert. Gérard erwartete uns an der Schranke.

»Oh! Bonjour, Monsieur! Ça va?«

Wie gern hätte ich ihm in sein spöttisches Gesicht gespuckt! »Es geht mir nicht gut. Ich protestiere gegen diese Behandlung. Erklären Sie mir, was das zu bedeuten hat!«

»Sie müssen entschuldigen. Die jungen Männer waren etwas übereifrig. Es gibt gewisse Abmachungen, die für Sie als Touristen selbstverständlich nicht gelten, obwohl Sie der Bruder von Simon sind. Das sind Sie doch?«

Idiot!, dachte ich. Warum machst du das? Sind wir nicht zusammen auf dem See gewesen? War ich nicht gestern Abend als Gast bei euren Tänzen? Gast? Ich musste trotz allem lachen. Gast! »Sie haben meine Frage nicht beantwortet.«

»Ihre Frage ist leicht zu beantworten, junger Mann. Wir achten eben aufmerksam darauf, dass gewisse Vereinbarungen auch eingehalten werden. Das ist alles. Doch wie ich schon sagte: Sie als Tourist sind davon selbstverständlich nicht betroffen. Ich möchte Sie bitten unsere Entschuldigung und den Ausdruck unseres tiefsten Bedauerns für diese Panne zu akzeptieren. Möchten Sie mit mir ins Dorf kommen?«

»Nein«, sagte ich, »ich habe ein gültiges Visum für Zaire. Ich kann gehen, wo immer ich will, ausgenommen ist nur das Betreten militärischer Sperrzonen. Handelt es sich um eine solche?«

»Ich bitte Sie, Monsieur! Selbstverständlich nicht. Also?«

»Ich gehe zurück. Ich fühle mich nicht willkommen.«

»Das bedaure ich. Aber es ist Ihre Entscheidung. Au

revoir!« Und dazu: »Monsieur!« Gérard drehte sich um und ging leichtfüßig davon. Die jungen Männer folgten ihm.

Ich stand ganz allein da.

Es kann gut sein, dass ich das alles so gar nicht gesagt habe. Vermutlich habe ich gestammelt und herumgedruckst. Mein Unterlegenheitsgefühl und der Schmerz in meinem Kopf hatten mich bestimmt gehemmt. Wahrscheinlich habe ich nur deutlich gesagt, dass ich nicht mit ins Dorf wollte, obwohl ich gern ins Dorf gegangen wäre.

Gérard störte mich, nur er!

Ich dachte so ungefähr: Ich würde gern diese Leute kennen lernen. Ich bin nach Afrika gekommen, um Afrikaner und ihr Leben und ihre Art und ihre Bräuche zu erfahren. Ich leide darunter, dass sich die Weißen und die Schwarzen hier in Kimbao wie Feinde behandeln, aber ich kann es nicht ändern und ich stehe auf der Seite meines Bruders und ich kann auch das nicht ändern. Ich leide darunter, dass ich ganz und gar ein Fremder bin. Das, so ungefähr, dachte ich, während ich stand und den Männern nachschaute, die sich ohne Hast entfernten. Aber mich schimpften die Häher aus, nicht die anderen!

Den Weg zum Waldrand fand ich leicht. Ich trabte wie ein Angeheiterter durch das Dickicht. Ich hatte keine Lust mehr, auf Simons Weg zurückzugehen. Falls das wirklich Simons Weg war! Die Moskitos umschwärmten mich, weil ich am Morgen vergessen hatte, mich mit der Schutzcreme einzureiben. Ich trampelte über die Blumenteppiche und fluchte halblaut vor mich hin. Als ich den Waldsaum erreichte, hörte ich den Schuss von der Kuhweide her. Ich dachte: Ach, Herkules, du hast es hinter dir! Ich glaube wenigstens, dass ich so etwas damals dachte.

Eigentlich hatte ich vorgehabt zur Weide hinüberzulaufen, aber ich spürte plötzlich eine so große Scheu vor dem Anblick eines toten Tieres, dass ich die Richtung wechselte und zur Bohrstelle ging.

Simon sah mich schon von weitem kommen und legte das Spannbrett mit den Aufzeichnungen ins Gras. Ich erkannte am Ausdruck seines Gesichtes, dass er überlegte, woher ich wohl käme. Dass ich aus der Richtung des Waldes, also der Tabu-Zone, kam, war ja offensichtlich.

»Gut, dass du grad hier bist. Ich muss die Winde noch mal in den Boden treiben. Ziemlich hart für 'nen alten Mann allein.«

»Gib doch nicht so an!« Ich versuchte Fröhlichkeit auszustrahlen. Dabei war mir so entsetzlich flau! Judas, dachte ich, Judas hat das mit einem Kuss gemacht, ich versuche es mit Fröhlichkeit. »Klarer Fall, Simon, ich helfe dir. Zeig mir, wo ich anfassen muss.«

»Hast du den Schuss gehört?«

»Ja. Armes Viech.«

»Rasmus hat gesagt, wenn der Bulle in Atemnot gerät, könnte er nichts anderes machen. Das ist schon eine verdammt rätselhafte Geschichte. Die Symptome sind klar, aber Rasmus kann die Gründe nicht finden. Diagnose Null nennt er das. Als ob da jemand ...« Simon brach ab.

Da war es wieder! Alle ergingen sich in Andeutungen, fingen Sätze an und beendeten sie nicht. Wenn doch einer von ihnen endlich dieses Schweigen gebrochen hätte! Ich sagte: »Wenn es bloß nichts Ansteckendes ist.«

»Kannst du beten?« Simon wartete nicht ernsthaft auf eine Antwort. »Dann mach das mal. So, wenn du hier anpackst. Und jetzt – zu-gleich! Zu-gleich!«

Wir griffen in die Speichen des Erdbohrers und drehten und achteten darauf, dass sich unsere Hände nicht berührten. Ich merkte es genau: Auch Simon wäre es peinlich gewesen. Es war eine so lächerliche und traurige Szene, dass ich es nicht beschreiben kann. Wir waren uns scheinbar ganz nah, taten etwas Gemeinsames, fühlten gegenseitig unseren Atem, doch wir waren uns niemals vorher so fremd gewesen. Wirklich, es war lächerlich und traurig. Ich hatte die weite Reise gemacht, um meinen Bruder in der Brousse zu besuchen, und nun sagten wir uns Belanglosigkeiten. Dabei war dies die letzte Chance das Schweigen zu brechen.

Ich wusste es. Aber ich hatte einfach nicht die Kraft und den Mut, das zu sagen, was jetzt unbedingt zu sagen war. Simon hatte mir deutlich genug zu verstehen gegeben, dass ich mich aus seinen Privatangelegenheiten herauszuhalten hätte. War er nicht sogar verletzend gewesen? Hatte er mich nicht wie einen dummen Jungen behandelt? Ging man mit seinem Bruder so um, wie er es tat? Ja, ich suchte nach Entschuldigungen für meine Feigheit. Ich bin nicht sicher, dass alles anders gekommen wäre, wenn ich dieses gottverdammte, böse Schweigen durchbrochen hätte, wenn ich die Worte gesagt hätte, die vielleicht alles geändert hätten. Doch ich denke auch: Simon hätte nicht auf mich gehört. Wahrscheinlich hätte er mich angeschrien. Oder er wär weggegangen. Oder hätte gelacht. Was weiß ich! Das eine, ja, das weiß ich: Dass ich die Worte nicht sagte, die ich hätte sagen müssen. Aber ich habe meinen Bruder nicht gewarnt vor der Falle, weil sein Stolz und mein Stolz es nicht zuließen. Das ist die Wahrheit.

»Es reicht«, sagte Simon. »Jetzt vorsichtig rausziehen.«

Wir fassten Hand für Hand das Metallgewinde und gaben Acht, dass wir uns nicht berührten. Alberne Kinder, beleidigte Leberwürste, gekränkte Gockel. Simon nahm den nassen Lehm aus dem Reservoir und stopfte ihn in ein Fach seines Sammelkastens.

»Sieht gut aus«, sagte Simon. »Lass uns jetzt gehen. Ich bin mit dem Essenkochen dran. Magst du Kohlrouladen?«

»Sicher.«

»Schmeckt sowieso alles egal. Der ganze Büchsenfraß.«

Simon nahm den Kasten, ich trug das Spannbrett und das Schreibzeug. Wir rauchten Zigaretten, obwohl ich eigentlich nicht gern rauche, aber es machte das Schweigen leichter.

Polizisten waren gekommen. Wir sahen den Mannschaftswagen vor der Scheune stehen. Garantiert machten die sich eine Staatsaffäre daraus, dass ein Mann verschwunden war und ein Auto mitgenommen hatte. Fünf Männer mit MPs in den Armen und Helmen auf den Köpfen liefen im Camp herum, als suchten sie einen Massenmörder.

Der sechste Mann, offenbar der Chef, stand mit René vor dem Küchenwagen. Er hielt einen riesengroßen Schreibblock in der Hand.

»Mist, verdammter!«, schimpfte Simon.

»Mist, verdammter!«, flüsterte René uns zu. »Ich konnte nicht verhindern, dass sie mitkamen. Sie wollen auch noch ins Dorf rauf.« Dann laut, weil er wohl merkte, dass der Polizeichef lange Ohren machte: »Monsieur le Lieutenant meint, dass die Bapelende Joseph zum Abhauen aufgefordert haben. Wahrscheinlich hätten sie ihm Angst gemacht.«

»Da wird er vermutlich sogar Recht haben«, sagte Simon, »aber Scheiße ist es trotzdem. Ausbaden dürfen wir das dann.« Er hielt dem Polizeibeamten die Hand hin. »Mbote, mon Lieutenant!«

»Mbote, Monsieur! Darf ich gleich Ihren Namen notieren und auch den Ihres jungen Begleiters? Es ist wegen des Protokolls. Sie verstehen?«

Wir verstanden. Er schrieb voll Eifer und malte sehr schöne und große Buchstaben, während seine Leute weiterhin das Lager durchsuchten. Wieso sie ausgerechnet bei uns nach Mpunda fahndeten, war mir schleierhaft. Sie genossen jedenfalls ihre Wichtigtuerei. Und hübsch gefährlich sahen sie außerdem aus mit ihren Waffen und den grimmigen Gesichtern.

Ich sah es Simon und René an, dass sie sich unbehaglich fühlten. Wenn die Polizisten das Dorf der Bapelende durchschnüffelten, würde die Spannung noch steigen. Dabei reichte es auch so schon.

»Hat der Flüchtige auch Geld gestohlen?«, fragte der Polizist.

»Nein«, sagte René, »nur das Fahrzeug.«

»Wir haben die Nummer des Jeeps an alle Polizeistationen weitergegeben. Es wird auch angeordnet werden, dass man Straßensperren errichtet. Er kommt nicht weit. Und Benzin kann er ja auch nicht kaufen.«

»Warum nicht?«, fragte Simon.

Der Polizist lachte fett. »Weil er doch kein Geld hat!«

»Er hat eigenes Geld«, erklärte René, »er hat doch hier gearbeitet. Seine Sachen hat er natürlich mitgenommen.«

Dem Polizisten fiel das Kinn runter. Seine schöne Theorie war nichts mehr wert. Dass ihm das auf den Magen schlug, sah man ihm an. Er brüllte seine Männer an schleunigst den Wagen zu besteigen und verabschiedete sich von uns mit zackigem Gruß. Wir würden bald wieder von ihm hören, rief er, als er ins Auto kletterte.

René nickte und biss sich auf die Zunge. Dann knurrte er: »Das hat uns gerade noch gefehlt!«

Das Polizeiauto schoss in einer Staubwolke davon.

Der Sturm

Die Impfmale am Oberarm hatten sich erneut entzündet und taten weh. Es war ein ziehender, klopfender Schmerz und ich hatte den Eindruck, dass der Arm inzwischen auf doppelten Umfang angeschwollen war. Im unruhigen Halbschlaf zogen mir traumartige Vorstellungen durch den Kopf, die ich aber beeinflussen konnte. Wahrscheinlich hatte ich Fieber. Ich sah unentwegt die silbernen Waldblumen, von denen nur ich wusste, dass sie ein gefährliches Rauschkraut waren, von dem man verrückt wurde. Doch immer dann, wenn jemand von den vielen Leuten ein paar Blumen ausrupfte, verschlug es mir die Stimme und ich konnte nicht schreien: Vorsicht, es ist Tollkraut! Wer die Leute waren, die da so im Wald herumliefen, wusste ich nicht. Es war nicht einmal klar, ob es sich um weiße oder schwarze Menschen handelte. Kinder waren nicht darunter. Ich glaubte auch, fernes Trommeln zu hören.

Doch allmählich begriff ich, dass das Rollen und Dröhnen nicht von Tamtams kam. Es war der Wind. Er übertönte den Nachtregen. Ich merkte, wie das Containerhaus zu schwanken begann. Ich stand vom Bett auf und spähte in die Finsternis hinaus. Da war nichts zu sehen. Dennoch knipste ich das Lämpchen an und zog mir Hemd und Hose an. So saß ich vielleicht eine halbe Stunde und lauschte. Zum Schlafen war ich sowieso zu aufgeregt. Das war nicht nur der Wind: Etwas anderes war da, das machte mich unruhig.

Simon und Micha waren zur Nachtwache draußen. Die falsche Besetzung? Wäre es nicht beruhigend gewesen, wenn jetzt der starke René und der erfahrene Rasmus im Wagen gewacht hätten? Damals dachte ich das, aber heute weiß ich, dass es nichts geändert hätte.

Der Sturm kreischte, brüllte, orgelte. Als ob da verschiedene Winde wären, die sich bekämpften. Ich sah durch das Fenster die hüpfenden Lichter, die sich vom Hang her näherten, die Hupe wimmerte kläglich, der Motor war nicht zu hören. Es war Micha. »Kommt schnell! Die Tiere … Der Zaun ist …«

Ich verstand nur Wortfetzen. In die Wasserstiefel fand ich rasch hinein, aber im Regenmantel verhedderte ich mich. Wo war der Hut? Ein Hut! Bei solch einem Sturm braucht man keinen Hut. Also raus! Rasmus und René waren schon vor mir beim Landrover. Sie fassten meine Arme und zogen mich auf die Ladefläche, während der Wagen schon davonschoss. Ich fühlte, dass bei den Entzündungen am Arm etwas zerplatzte.

Wo war Simon?

René hatte das Gleiche gedacht. »Wo ist Simon?«, schrie er gegen den Lärm an. Er musste mehrmals schreien, bis Micha ihn hören konnte.

Micha kurbelte am Steuer herum und hatte große Mühe den Wagen unter Kontrolle zu halten. Der Sturm knallte Sturzbäche gegen die Windschutzscheibe. Die Plane fetzte und knatterte wie eine Fahne. »Ich weiß nicht, wo Simon steckt! Er ... er wollte einen Rundgang machen, weil er meinte ...« Mehr war nicht zu verstehen. Micha drosch den Wagen zum Hügelkamm hinauf, dass er bisweilen die Bodenhaftung verlor und über Strünke und Baumwurzeln tanzte. Ich hatte nur begriffen, dass mit den Tieren etwas nicht stimmte und dass Micha uns zur Hilfe holte. Der Zaun! Was war mit dem Zaun?

Den Zaun gab es nicht mehr!

Als der Wagen stoppte, sprangen wir nach draußen. Ein Sturmstoß blaffte mir so ins Gesicht, dass ich dachte, ich würde keine Luft mehr kriegen. Taumelnd fasste ich nach Renés Arm. Ich schluckte heftig und spuckte Regenwasser aus. Sintflut, dachte ich, Sintflut! Außerhalb des Lichtkreises der Scheinwerfer war es stockdunkel. Doch das erfassten wir nicht mit den Augen, sondern wohl mit anderen Sinnen, dass es den Weidezaun nicht mehr gab.

René nahm den starken Handscheinwerfer. Wir drangen in die Richtung vor, in der der Unterstand für die Kühe sein musste, aber da lagen nur Holztrümmer herum. Von den Tieren war nichts zu hören und nichts zu sehen.

Wo war Simon?

René leuchtete den Boden ab. Tiefe Trittsiegel, in

denen das Wasser stand, Spuren, die auf Flucht und Panik schließen ließen. Aber wohin führten diese Fährten? Wer sollte dieses Durcheinander in der Matsche vielleicht deuten können? Rasmus etwa?

Micha schrie: »Was sollte ich denn so allein machen? Ich hab das Krachen vom Holz gehört und das Gebrüll. Jetzt sagt mir: Was hätt ich denn machen sollen? So allein!«

»Brauchst dich nicht zu entschuldigen!«, schrie René zurück. »Wo der gottverdammte Simon bloß steckt. Ich könnte den Kerl achtkantig ...« Er nahm keine Rücksicht auf meine Anwesenheit. Wozu auch!

Dass der Zaun nicht vom Sturm umgeblasen worden war, wussten wir alle. Dass die Tiere nicht freiwillig geflüchtet waren, war uns ebenfalls klar. Rasmus versuchte es mit Schnalz- und Lockrufen, doch das war lächerlich. Seine Stimme drang keine zehn Meter weit. Wir bildeten so etwas wie eine Kette und suchten das Weidegelände und den Waldrand ab. Einmal glaubte Rasmus Tierkot entdeckt zu haben, aber es war nur Lehm. Wir suchten und suchten bis zur Erschöpfung, stemmten uns gegen die Böen an, rammten mit den Köpfen gegen Äste und Stämme, rutschten aus, schlugen hin, kamen keuchend wieder hoch, verloren uns aus dem Blick und kehrten dennoch immer wieder zu Renés Lampe zurück. Wir gerieten sogar ins Gebiet des Ngwari-Sees, weil Rasmus meinte, dass die Tiere mit dem Sturm talabwärts gelaufen wären. Allmählich verloren wir die Hoffnung. Als die letzten Tropfen fielen, schien auch der Sturm einzuschlafen. Im seltsam fahlen Dämmerrot konnten wir unsere Konturen erkennen. Wir suchten weiter, aber es war klar, dass Sturm und Wolkenbruch alle Spuren verwischt hatten.

»Sauber!«, schrie Rasmus heiser. »Sauber!« Es war nicht genau zu erkennen, ob das nur Regenwasser war oder ob ihm auch Tränen über die Backen liefen. »Das haben sie verdammt sauber gemacht! Alle Achtung!« Er lachte so lange, bis René ihn barsch anfuhr. Micha brach vor Müdigkeit fast zusammen. Mir war speiübel von der Anstrengung und von der Angst um meinen Bruder. René schickte Micha mit dem Wagen zum Camp zurück. Er sollte per Funk Hilfe anfordern bei der Polizei und bei der Mission. Da waren dann später auch Suchtrupps den ganzen Tag unterwegs, aber nicht eins der Tiere wurde gefunden. Nicht eins! Ob der Urwald im Norden die trächtigen Färsen verschluckte oder irgendein Fluss, ob die Herde zusammenblieb oder sich zerstreute, ob die Tiere von hungrigen Menschen oder Raubtieren getötet wurden, ob vielleicht sogar einige von ihnen ihre Kälber warfen und weiterlebten in anderen Herden oder in der Savanne: Keiner weiß es zu sagen, denn die Tiere blieben diesmal verschwunden, man fand auch ihre Kadaver nicht oder ihre Knochen.

Micha fuhr also los, um Hilfe zu holen. René, Rasmus und ich gingen zum Dorf der Bapelende. Die Leute erwarteten uns schon und führten uns schweigend in den Wald hinein. Meine Brust wurde wie von Eisenklammern gepresst. Ich dachte unentwegt: Das ist doch alles nicht wahr! Den Weg zum kleinen Zelt hätte ich auch ohne die Bapelende gefunden. Die Waldblumen hatten ihre Sterne noch nicht geöffnet. Simon lag auf einer Trage. Sein Gesicht war entsetzlich zugerichtet. Ich hörte mich schreien und wollte mich über ihn stürzen, aber René hielt mich auf und schlug mir auf den Mund, damit ich aufhörte zu schreien. Ein Krampf überkam mich, dass ich mich wie ein Epileptiker schüttelte. Ich war völlig außer mir.

Rasmus kniete bei Simon und tastete seinen Kopf und seinen Brustkorb ab. Die Bapelende umstanden uns wie eine Mauer. Ich sah auch Gérard. In seinem Gesicht war nichts zu lesen. Ja, ich sah auch die Frau! Die Frau stand neben Gérard. Er hatte seine Hand in ihre Halsbeuge gelegt. Mbuluku und Mbwa ya nseke. Wie die einfach so dastanden! Einfach so! Und wenn ich nicht geschwiegen hätte, dann wär das alles vielleicht nicht geschehen. Vielleicht nicht, vielleicht doch. Wer weiß das schon! Heute denke ich über vieles anders als damals, als ich mich maßlos mit Selbstvorwürfen quälte und am liebsten gestorben wäre, als ich Simon so liegen sah.

»Der Rettungshubschrauber muss her!«, rief Rasmus.

Der Mfumu befahl einem Mann zu unserem Camp zu laufen und Micha die Nachricht zu bringen. Dann sprach er leise auf René ein. Wieder redete er in Kikongo. Manchmal musste Rasmus mit Wörtern aushelfen, wenn René antwortete. Renés Gesicht war weiß vor Zorn. Rasmus wischte Blut von Simons Nasenwurzel. Ich stand einfach da und versuchte zu begreifen. Mir war eiskalt.

Simon bewegte sich und stöhnte.

Das Wort Lupitalu fiel mehrmals. Ich wusste, dass es Hospital bedeutete. Gab es in Kenge ein Krankenhaus? Kisalu ya kupasula: Ich verstand, dass das irgendwie mit Operation zu tun hatte. Drohend redete René auch von der Polizei, doch das Gesicht des Mfumu blieb gelassen. Was sollte man von einem so uralten Gesicht auch ablesen können, dessen Schrumpelhaut wie Baumrinde war! Obwohl ich nichts verstand von dem Gespräch, schien mir klar, dass der Mfumu Renés Vorwürfe nicht an sich heranließ. Diese Gesten: Was habe ich denn damit zu tun? Als er auf die schöne Frau zeigte, drehte sie sich abrupt um und lief davon.

Vier Männer halfen die Trage zum Waldrand zu bringen. Rasmus achtete darauf, dass sie im gleichen Rhythmus gingen, um Erschütterungen möglichst zu vermeiden. Viele Bapelende folgten uns schweigend in großem Abstand. Gérard sah ich nicht mehr. Und die Männer und Frauen und Kinder ließen nicht erkennen, was sie fühlten und dachten. Unbeteiligtes Interesse, registrierende Neugier: War es das? Von Bewegungen und Haltungen, die auf Schuldgefühle schließen ließen, keine Spur! Zwischen uns und ihnen waren plötzlich Welten. Wir gingen einander nichts mehr an.

Ich hätte so gern nach Simons Hand gefasst, aber René wachte darüber, dass ich meinen Bruder nicht berührte. Anscheinend traute er mir unkontrollierte

Gefühlsausbrüche oder sonst etwas zu. Was weiß ich! Wie betäubt lief ich mit in diesem seltsamen Zug, der von weitem wahrscheinlich aussah wie eine Prozession. Aus Simons Mundwinkel rann ein rötlicher Faden. Die Jochbeinbögen waren angeschwollen.

René sagte leise: »Die jungen Männer wären es gewesen. Welche genau, das weiß der Mfumu angeblich nicht. Aber man habe uns ja gewarnt. Die jungen Männer der Bapelende seien manchmal sehr jähzornig, wenn Fremde sich an ihre Mädchen und Frauen heranmachten. Simon habe selbst die Schuld, meint der Alte, weil er den Vertrag gebrochen hätte.«

»Das ... das war doch eine Falle!«

»Nicht so laut, Albert! Natürlich war das eine Falle. Die Frau steckt mit den Burschen unter einer Decke. Gérard hat die Fäden gezogen, die Frau spielte den Köder und der verliebte Simon war der Trottel. Zack, voll in die Falle gelaufen! Der hat ja alle Warnungen in den Wind geschlagen. Hat sich selbst das Hirn zugekleistert wie ein verliebter kleiner Pisser. Wenn's seine Privatsache gewesen wär, hätte es mich ja nicht gekümmert. Aber es war nicht seine Privatsache. Mit seinen beschissenen Heimlichtuereien hat er den Burschen endlich den Grund geliefert voll zuzuschlagen. In jeder Beziehung. Und jetzt stehen wir da! O Scheiße!«

Und er liegt da, dachte ich.

»So blind!«, fluchte René vor sich hin. »So blind!«

Micha kam gefahren und war verstört, als er Simon so liegen sah. Er meldete, dass der Hubschrauber bald eintreffen müsse. Auf jeden Fall werde Simon nach Kinshasa gebracht. Zur Vorsicht. Ein Arzt würde mitfliegen.

»Ich muss auch mit!«, sagte ich.

»Falls noch Platz ist«, sagte René. »Fahr mit Micha zum Camp zurück und pack deine Sachen für alle Fälle mal. War ja ein kurzer Urlaub, was? Manchmal kommt es eben anders. Beeilt euch aber! Der Hubschrauber kann nicht warten.«

Ich schaute in Simons kalkweißes Gesicht. Die Gehirnerschütterung musste schlimm sein. Wie viele Stunden er wohl schon ohnmächtig war? Und wenn er nicht überlebte? Ich konnte diesen Gedanken nicht zu Ende denken. Meine Vorstellungskraft versagte einfach. Ich stieg zu Micha in den Landrover. Und ich dachte: Ich brauch doch gar nicht zu packen! Mein Koffer ist doch noch gar nicht ausgepackt. Sogar die Geschenke für Simon sind noch drin.

Wir waren zurück, bevor der Hubschrauber landete, doch sie ließen mich nicht mitfliegen in der Alouette, weil kein Platz war.

»Aber es muss sich doch jemand um Simon kümmern!«, rief ich aufgeregt.

Sie machten mir klar, dass alles arrangiert sei. Jemand von der Botschaft werde sich kümmern, gar keine Frage, und vielleicht habe Simon gar keine inneren Verletzungen, da sei erst mal die Röntgenuntersuchung abzuwarten, ja, und dass man mich per Funk auf dem Laufenden halten werde: Das sei doch selbstverständlich. Und mit der nächsten Postmaschine von Kenge könne ich ja nachkommen nach Kinshasa. Dann hob der Hubschrauber schnell vom Grashang ab und verlor sich im Dunst. Die Leute starrten hinterher.

Rasmus legte mir die Hand auf die Schulter. »Der Sturm war's. Den haben sie ausgenützt. Wie sollen wir jemals nachweisen, dass sie den Zaun umgeworfen haben und dass es nicht vom Wind geschehen ist! Das mit Simon und der Frau, das sollten wir nicht überbewerten. Kam halt nur dazu. Zu allem Überfluss.« Aber Rasmus konnte mich nicht trösten.

Am Abend war es gewiss, dass die Tiere verloren waren.

Mit dem Verschwinden der Kühe hatte sich das Projekt erledigt. Da würde dann später in den Berichten von den unüberwindlichen und nicht vorhersehbaren Schwierigkeiten mit dem sauren Gras und den Akklimatisationsproblemen zu lesen sein. Von organisatorischen und zwischenmenschlichen Fehlleistungen würde man zwischen den Zeilen lesen können und dass die Zusammensetzung der Gruppe nicht optimal gewesen sei. Man würde auch die Frage anschneiden, ob man in das Projekt nicht einheimische Wissenschaftler hätte einbinden sollen, wodurch vielleicht der Kontakt zu der Bevölkerung in den umliegenden Dörfern intensiver hätte gestaltet werden können. Und so weiter!

Es war ja nicht das erste Entwicklungsprojekt, das in die Binsen ging.

Ende der Fahnenstange! René, Rasmus und Micha betranken sich maßlos, als die Polizeieinheiten abgezogen waren, die beim Suchen geholfen hatten. Ich hörte die drei noch lachen, als ich mich längst zum Schlafen hingelegt hatte. In Simons Bett, sicher. Dass ich nicht einschlafen konnte, lag aber nicht nur an diesem Gelächter, das eigentlich wie Weinen klang. Ein Attaché oder sonst ein hohes Tier der Botschaft war angekündigt für den nächsten Tag, würde die Abwicklung mit René besprechen und außerdem dafür sorgen, dass es keine diplomatischen Verwicklungen, keine politischen Ärgernisse und unnötigen Aufregungen geben würde. Man hatte Erfahrung. Die Sache musste runtergespielt werden. Dann würden Sattelschlepper angefahren kommen und schwere Traktoren. Die Containerwagen waren ja praktisch zu transportieren. In ein paar Wochen würde im Sinne des Wortes Gras gewachsen sein über all dies hier. Keine Spuren mehr. Eine Musterfarm in Kimbao mit dem Versuch europäisches Milch- und Fleischvieh anzusiedeln, um den Ernährungsschäden der Bapelende zu begegnen? Nie davon gehört.

Machte das Klima die Männer wirklich so verrückt, dass sie sich so beschlauchen mussten? Sie saßen am nächsten Morgen mit grünlichen Gesichtern am Tisch und kriegten keinen Bissen runter. René mit dem Robbenbart und dem Übergewicht. Micha mit der Karriere in der Großindustrie im Kopf. Rasmus, der vielleicht wirklich ein Mann für die Brousse war, obwohl er solch eine helle Haut hatte.

René sagte: »Wenn ich dem Gérard wenigstens zum Abschied die Fresse polieren könnte! Dieser schwarze

Rassist! So verdammt arrogant, dass er was kaputtmacht, was für ihn und seine Leute so gut gewesen wär! Na, vergesst es, Jungs, denn vielleicht stimmt es auch nicht. Kann ja auch gut sein, dass wir alle spinnen. Schon Nachricht über Simon?«

Es war noch keine Nachricht gekommen.

»Arme Sau«, sagte Micha böse. »So doof und so verliebt.«

»Jedenfalls kein Mann für die Brousse.« Rasmus gähnte.

An diesem grauen Morgen sah ich René und Rasmus und Micha zum letzten Mal. Was aus ihnen geworden ist, weiß ich nicht. Wir haben nie wieder über sie gesprochen. Ich kann mir aber gut vorstellen, dass Rasmus in Afrika geblieben ist. Wenn Gérard, der Schakal, ihn gefragt hätte: Er hätte leicht antworten können, dass er die Kraft habe hier zu leben. Vielleicht täusche ich mich da aber. Ich bin mir nämlich längst nicht mehr sicher, dass ich wirklich verstanden habe, was damals geschehen ist.

Kees kam mit seinem Camion, um mich mitzunehmen nach Kenge. Er brachte auch die Nachricht, dass die Steyler Missionare in Kinshasa beim Krankenhaus erfahren hätten, die Operation sei zufriedenstellend verlaufen. Was immer das heißen mochte! Ich winkte den drei Männern zum Abschied. Wir gaben uns nicht einmal die Hand. Noch einmal schaute ich den Hügel hinauf. Hier also hatte mein Bruder einen schönen Traum geträumt. Eine schöne Landschaft, schön für schöne Träume, aber so unheimlich fremd. Das konnte man drehen und wenden, wie man wollte, das entscheidende Wort war *fremd*.

Die verwilderten Hunde umschwärmten den Lastwagen kläffend und geifernd, bevor sie in den Büschen verschwanden. Wir umfuhren Kenge deux. Ich sah Jungen in den Kronen der Palmen turnen. Kees redete ununterbrochen von der Zeitenwende, die draußen in der Brousse endgültig eingesetzt habe.

»Das hört und hört nicht mehr auf. Die Versuchsfarm, die war der Anfang. Es hätte genauso gut etwas anderes sein können. Simon hat die Lawine nicht losgetreten: Die rollte schon. Er war nur einer der Ersten, die es erwischt hat. Pech für ihn. Und nun gibt es eben keine Farm mit Milchkühen. Na und? Wir sollten das nicht überbewerten, wirklich nicht.«

Als wir auf der Bac die Wamba überquerten, überfiel mich ein starkes Gefühl von Bedauern. Sollte dies alles gewesen sein? Vielleicht wäre ich einer für die Brousse! Doch ich bekam keine Chance, das auszuprobieren. Es kann ja sein, dass ich dieses Land geliebt hätte.

»Sehen Sie sich die Gesichter der Fährmänner an«, sagte Kees. »Morgen oder übermorgen sagen diese Männer vielleicht schon: Nein, wir befördern keine Weißen. Wenn ihr über den Fluss wollt, müsst ihr schwimmen. Die Zeiten sind vorbei.«

Kees und seine fixe Idee! Aber ich widersprach ihm nicht, denn wie konnte ich gegen ihn argumentieren, wo er doch schon so lange in Zaire lebte.

Kees sagte: »Heute die Musterfarm, morgen die Mission. Und so geht das dann weiter. Da ist etwas ins Rollen geraten, das hält keiner auf. Ein ganz neues Bewusstsein, eine Besinnung auf die eigene Art, die Wiederentdeckung einer Kultur. Als die Bapelende den Nkoshi zurückholten, da wusste ich Bescheid. Als ich davon erfuhr, da sagte ich zu meinen Mitbrüdern …«

Ich hörte nicht mehr zu. Der Missionar mochte die Prozesse, die sich bei den Bantu-Völkern vollzogen, richtig beurteilen, aber was Simon betraf, da dachte er einfach eine Nummer zu groß, denn hier handelte es sich nur um die uralte banale Geschichte von den zwei Männern, die in die gleiche Frau verliebt waren. Hier ging es nicht um Schwarz oder Weiß, Afrika oder Europa, Kolonialgeschichte und Befreiungsbewegung. Nein, dies war die banale Alltagsgeschichte: die Frau zwischen zwei Männern. Gérard hatte lediglich geschickt die Stimmung ausgenutzt, um den Rivalen loszuwerden. Und Kees witterte großes Welttheater, wo es doch nur eine Schmierenkomödie war. Leider konnte ich nicht lachen, weil mein Bruder der Verlierer war.

Ich hatte den Schluss des Stückes gekannt und nicht verraten. Damals habe ich mir bittere Vorwürfe gemacht, heute weiß ich, dass es richtig war zu schweigen. Selbst wenn es sich dreimal wie eine Floskel anhört: Es musste so kommen.

Kees fuhr den Camion von den Planken der Fähre. Ich stieg wieder ein. Er bot mir die Feldflasche. Ich trank. Wieder war zu viel Rum im Tee, da schwitzte ich noch mehr. Am kleinen Flugplatz warteten schon viele Leute auf das Postflugzeug. Kees begleitete mich zum Office.

Quälend langatmige Formalitäten mit Pass und Ticket. Sogar den Koffer durchwühlten sie. Ich gab Kees die Magazine und Taschenbücher, die eigentlich für Simon bestimmt waren. Der kurze Abschied vom dünnen Holländer wäre sicher auch herzlich gewesen, wenn ich mit den Gedanken nicht bei Simon gewesen wäre. Kees war sehr freundlich zu mir und ich bin ihm dankbar.

»Man wird Sie am Flugzeug abholen!«, rief Kees mir nach.

Ich nahm die Mitreisenden nicht wahr und hatte auch keinen Blick für das Land unter uns. Ich dachte nur unentwegt: Kann dieser Vogel denn nicht schneller fliegen, verflucht? Die Schmerzen in meinem entzündeten Arm bemerkte ich kaum.

Der Mann im weißen Habit, der mich am Rollfeld erwartete, war noch ziemlich jung. Abbé Felix.

Er fuhr mich mit der Rasanz eines Rallyefahrers zum großen Hospital am Stadtrand und wusste auch, in welchem Gebäudetrakt wir nach Simon suchen mussten. Er wartete dann im Foyer, während eine Krankenschwester mich durch das Labyrinth der Flure führte. Der schwarze Arzt wartete an Simons Bett auf mich. Simon hatte ein Krankenzimmer für sich allein. Das hatte die Botschaft arrangiert, weil man Aufsehen vermeiden wollte.

»Hallo, Kleiner«, sagte Simon und lächelte dünn.

»Wie geht es dir?«

»Frag mich mal was Leichteres!«

Der Arzt drückte Simons bandagierten Kopf sanft ins Kissen zurück. »Die äußeren Verletzungen am Kopf sind nicht gravierend. Die Gehirnerschütterung macht mir Sorgen. Und dann sind da noch ein paar Rippenbrüche. Schlimm, schlimm, was sie mit ihm gemacht haben! Was er jetzt am dringendsten braucht, ist Ruhe.« Der Arzt nahm meinen Arm und schob mich aus dem Zimmer. Simon hatte die Augen geschlossen.

Ruhe, Ruhe! Diese Redensart, die alles und nichts besagte. Es könnten vielleicht Schäden bleiben, erklärte der Arzt mir in seinem winzigen Zimmerchen, wo es nach Äther und Desinfektionsmitteln stank. Erinnerungslücken vielleicht, Depressionen. Vielleicht werde ja auch alles gut. Und die Versicherungsfragen und das Finanzielle seien geregelt, da brauche ich mich um nichts zu kümmern. Zu Besuch solle ich am besten jeweils am Nachmittag kommen. »Er hat während der Operation mehrmals das Wort Mbuluku gesagt. Wissen Sie, was das zu bedeuten hat?«

»Irgendetwas mit einer Frau wahrscheinlich. Vielleicht ist es der Spitzname seiner Freundin. Was weiß ich!«

Der Arzt nickte. »So etwas hatte ich mir auch schon gedacht. Aber Genaueres wissen Sie auch nicht?«

»Nein«, sagte ich, »Genaueres weiß ich auch nicht. Dann bis morgen.«

Der Arzt gab mir die Hand. Die Schwester zeigte mir den Weg zum Foyer. Mir fiel ein, dass ich gar nicht gefragt hatte, ob ich für Simon etwas besorgen könne, ob er etwas an Wäsche oder Hygieneartikeln brauche. Und Obst, Säfte oder so. Ich hatte gar keine Erfahrung, weil ich vorher noch nie jemanden im Krankenhaus besucht hatte.

Abbé Felix brachte mich zum Kloster der Steyler Missionare im Zentrum von Kinshasa. Sie hatten mir ein Gästezimmer zurechtgemacht und umsorgten mich aufmerksam und freundlich. Immer war jemand da, der mir die Zeit vertrieb und mir die Stadt zeigte. Wir schauten die Stromschnellen an, fuhren im Bötchen auf dem Kongo, gingen zum Stanley-Denkmal und zu den großen Märkten, besuchten die Kunstgewerbeateliers der kongolesischen Schnitzer, Flechter, Töpfer und Maler und erstanden kleine Teppiche, bemalte Kalebassen und Figurinen. Ich kaufte auch eine Tanztrommel, wie ich sie bei den Tänzern im Dorf der Bapelende gesehen hatte. Einmal musste ich auch zur Botschaft, wo ich irgendetwas unterschreiben sollte. Ich weiß nicht mehr, was es war, habe es vermutlich auch nicht wirklich angeschaut. Es war mir gleichgültig. Ich hatte nach Hause telegrafiert, dass Simon verletzt sei, dass man sich aber keine Sorgen zu machen brauche. Ich schickte dann auch einen ausführlichen Brief hinterher, in dem ich das alles als einen Unfall darstellte.

Ich besuchte Simon jeden Nachmittag. Er genas zusehends. Der Arzt lobte seine robuste Natur. Simon hatte zwar am Anfang noch Formulierungsschwierigkeiten und wiederholte sich ständig, doch das merkte er bald selber und gab sich Mühe seine Sätze zu kontrollieren. Wir redeten über das Wetter und über die relative Luftfeuchtigkeit, über den gesundheitlichen Wert des Angelsports und über das Gewicht von Fußballschuhen, über die Bevölkerungsdichte in Alaska und über das Niveau der deutschsprachigen Rocksängerinnen. Mein Gott, über was für Belanglosigkeiten wir stundenlang quatschten, damit kein Schweigen entstand!

Kein Wort sprachen wir über die Farm, über Kimbao, über das Dorf, über René und Rasmus und Micha, über die Tiere – über die Frau. Wir sprachen auch nicht über die Zukunft.

Wenn nachts der Regen gegen das Fenster peitschte, lag ich wach und dachte angestrengt nach. Mein Zorn darüber, dass all die Hoffnungen und Erwartungen zerstört waren, die ein paar Menschen auf das Projekt in Kimbao gesetzt hatten, ließ mehr und mehr nach. Zuerst hatte ich noch gedacht: Wie kann das kleine Schicksal dreier Menschen ein solches Werk zerstören! Das darf doch nicht sein. Da muss sich doch irgendetwas gegen auflehnen. So trivial darf das doch nicht ausgehen! Das darf doch wirklich nicht sein! Doch dann dachte ich: Wer oder was soll sich denn dagegen auflehnen? Wer entscheidet denn, was wichtig und was unwichtig ist? Und was heißt das überhaupt?

Die Welt ist nicht gut und nicht böse. Was auf ihrer Haut geschieht, ist ihr scheißegal! Die Formen, in denen das Leben sich vollzieht, sind ihr unwichtig. Nur das Leben an sich hat für sie einen Wert. Sie macht keinen Unterschied zwischen den Bedürfnissen der Regenwürmer und denen der Menschen. Solche Sätze dachte ich, während der Nachtregen rauschte.

Simon wurde nach zwanzig Tagen als geheilt entlassen, aber ich glaube, er wurde nie wieder richtig gesund. Später hat er für verschiedene Großunternehmen gearbeitet, die im Nordseebereich nach Öl bohrten. Nach Afrika ist er jedenfalls nie mehr gereist. Ich glaube, da war eine blinde Stelle in seinem Leben, die er zu vergessen suchte.

Auf dem langen Flug nach Hause sprachen wir kaum miteinander. Simon schlief die meiste Zeit. Oder er tat so, als ob er schliefe. Jedenfalls hatte er die Jalousie runtergelassen. Als wir in Brüssel den Jet der Sabena verließen, hielt er sich an meinem Arm fest. Es kann gut sein, dass er das nur tat, weil er schlecht sehen konnte. Denn wegen des Stirnverbandes durfte er die Brille nicht aufsetzen.

Simon wird nie erfahren, dass ich die Wahrheit über die Gazelle weiß! Ja, ich bin wahrscheinlich der Einzige gewesen, der in ihr Gesicht geschaut hat. Und darum glaube ich fest daran, dass die Frau nicht mitgeholfen hat die Falle für Simon zu stellen. Sie ist selber in Gérards Falle gegangen.

Sie hat geweint, als sie da unter den Bäumen stand. Wenn ich das meinem Bruder gesagt hätte, wäre alles noch schlimmer gewesen. So kann er versuchen das

Bild der Verräterin in seinem Kopf mit der Zeit zu zerstören. Aber wenn ich ihm die Wahrheit gesagt hätte: Wie hätte er dann weiterleben können?

Ich denke oft an die schöne Frau. Was mag aus ihr geworden sein? Wie stark waren die Verletzungen, die Mbwa ya nseke ihr zugefügt hat in seiner entsetzlichen Eifersucht?

Femme noire, femme obscure. Die schönen Worte haben sich in meinem Kopf eingenistet und sind so farbig wie das Bild, das vor meinen Augen steht. Gazelle mit himmlischen Fesseln, die Perlen sind Sterne auf der Nacht deiner Haut. Im Schatten deines Haars erhellt meine Angst sich, nah deinen Sonnenaugen …

Gewiss hat Mbuluku auch noch einen anderen Namen, doch den habe ich nie erfahren. Niemand hat ihn genannt.